JOHNNY, VOCÊ ME AMARIA SE O MEU FOSSE MAIOR?

JOHNNY, VOCÊ ME AMARIA SE O MEU FOSSE MAIOR?

BRONTEZ PURNELL

Tradução
Regiane Winarski

🜨 Planeta

Copyright © Brontez Purnell, 2017
Publicado em inglês com o título *Johnny Would You Love me if my Dick Were Bigger*, em 2017, pela Feminist Press, Nova York.
Copyright © Editora Planeta do Brasil, 2022
Copyright da tradução © Regiane Winarski, 2022
Todos os direitos reservados.

Preparação: Renan Vieira
Revisão: Bárbara Prince e Elisa Martins
Projeto gráfico: Beatriz Borges
Diagramação: Abreu's System
Capa: Daniel Justi
Ilustração de capa: Cláudio Caropreso

DADOS INTERNACIONAIS DE CATALOGAÇÃO NA PUBLICAÇÃO (CIP)
ANGÉLICA ILACQUA CRB-8/7057

Purnell, Brontez
   Johnny, você me amaria se o meu fosse maior? / Brontez Purnell; tradução de Regiane Winarski. - São Paulo: Planeta do Brasil, 2022.
   176 p.

   ISBN: 978-65-5535-730-1
   Título original: Johnny Would You Love me if my Dick Were Bigger

   1. Ficção norte-americana 2. Homossexualidade I. Título II. Winarski, Regiane

   22-1633   CDD 813

Índice para catálogo sistemático:
1. Ficção norte-americana

Ao escolher este livro, você está apoiando o manejo responsável das florestas do mundo

2022
Todos os direitos desta edição reservados à
EDITORA PLANETA DO BRASIL LTDA.
Rua Bela Cintra, 986, 4º andar – Consolação
São Paulo – SP – 01415-002
www.planetadelivros.com.br
faleconosco@editoraplaneta.com.br

JOHNNY, VOCÊ ME AMARIA SE O MEU FOSSE MAIOR?
E
SEXO COM VICIADOS

Eu era um garçom americano entediado no trabalho. Vinha sofrendo de depressão aguda havia dois anos e meio. Acordei de um cochilo de duas horas e estava prestes a perder meu trem de meia-noite e cinco para a cidade. Eu nunca dormia, porque sabia que meu destino era ficar cansado. Acordei com a sensação de que Deus tinha me dado uma porrada. Passei hidratante no rosto e saí de casa sem bater punheta. Eu tinha trabalhado por tempo demais na lanchonete e estava sabendo de uns babados bem escandalosos.

Naquele filme *Milk: a voz da igualdade*, vi que São Francisco era composta de um bando de caras de barba (ou bigode) e camisa de flanela. Todos iguais, um bando de clones. Eu odeio nostalgia. Não era uma falha na maneira como retrataram a cena cultural; essa merda ainda estava acontecendo. Diariamente. Todas as noites, antes de começar a trabalhar, eu acendo uma vela de oração, borrifo sangue de bode no meu altar e repito minha cantiga: "Vou foder, matar e comer todas essas bichas debutantes do Castro".

Durante toda a noite, elas tocam a mesma merda no jukebox, e depois de anos ouvindo sem parar eu finalmente me permito pensar: *Eu odeio The Smiths pra caralho*. Cada vez que escuto, só imagino o Morrissey sozinho em um quarto, chorando e batendo punheta ao mesmo tempo.

Às vezes não sei se tenho a sensação de não me encaixar porque é o que realmente acontece, ou se sou punk há tanto tempo que não sei me encaixar, ou se a verdade é uma combinação dessas duas coisas. Minha terapeuta me inferniza com isso. Ela diz coisas como: "É difícil ser um dos poucos viados pretos em um mar de garotos brancos?"; e: "É difícil ser pobre em uma cidade tão rica?"; e: "Acha que esses fatores afetam a escolha de com quem você sai ou quem vai querer sair com você?". Sempre quero ignorar perguntas sobre raça e classe social, porque as verdadeiras respostas a essas perguntas nunca parecem funcionar a meu favor. Também sinto que, se puder ignorar, tudo vai (com sorte) desaparecer.

Essas verdadeiras respostas não são menos verdadeiras do que as que dou: que se eu não me encaixo *não é* porque sou negro; se eu não me encaixo *não é* porque sou pobre; eu não me encaixo porque tenho uma puta vontade de matar e quero encontrar garotos que sintam o mesmo que eu; sei que eles estão por aí.

Não saio com ninguém, e todos os casais aparecem no sábado à noite. Odeio ver casais, porque eles fazem eu me sentir solitário. Não me sinto desanimado de um modo geral e já trepei com os namorados de gente demais pra questionar se sou desejável, mas minha criança interior sempre me faz sentir que algo injusto e conspiratório está rolando. Talvez seja pela forma como me visto. Quando estou a caminho da cozinha, indo buscar um hambúrguer, me olho no espelho de corpo inteiro e, depois de xingar os clones, estou pronto pra admitir algumas coisas sobre meu vitimismo de moda. Eu me visto como um aluno babaca de Berkeley de alguma década indecifrável no meio do século. Eu odeio nostalgia. Estou falando de óculos esquisitos, sapatos pretos sem marca, camiseta branca lisa e uma porra de uma calça cáqui. Quem usa calça cáqui, cacete? Eu basicamente me visto como no fundamental e agora estou pronto pra perdoar todo mundo que fez bullying comigo e encheu meu saco. Eu pareço um otário. Mas, se você se veste como nerd, num primeiro olhar as pessoas nunca desconfiam que você está desmoronando por dentro. Nem que quer matar alguém. Camuflagem. Camuflagem urbana. O maior problema de se vestir como uma criança dos anos 1960 (e ser negro) é que você pode dizer pra si mesmo: "Estou vestido no estilo americano clássico"; ou: "Sou modernista"; ou: "Eu me visto como aquele cara negro do Weezer". O problema é que o resto do mundo não tem tanta arte, e todos os turistas babacas do Leste Europeu/Austrália/Centro-Oeste/Matriz Clonada que poluem o restaurante só veem Urkel. O *filho da puta* do Steven Urkel. Sempre dói. Uma vadia me chamou de Urkel uma noite e eu quase chorei, mas então lembrei que estava no futuro e que poderia me safar se desse na cara de uma mulher branca. Mas não fiz isso. E se ela me estapeasse de volta? E aí? Sem tempo pra aguentar um empate.

Quinze babacas entram pela porta e tenho um ataque de pânico. Mais dez entram atrás e, como sempre acontece na minha vida, ignoro minhas necessidades emocionais em favor de um trabalho bem-feito. A galera sai e a merda bate no ventilador de verdade. Michael entra com Johnny. Eu e Johnny trepamos uma semana antes, e eu até disse que ele não precisava usar camisinha, pra ele gostar mais de mim. Tive coragem de perguntar por que ele não me ligou, e ele respondeu com a simplicidade de um papel em branco: "Porque o pau dele é maior". Eu quis sentir raiva, mas sabia que não dava pra discutir com aquele argumento. Minha mãe tinha uma frase sobre se preocupar com coisas que não se pode mudar: "Seus braços são curtos demais para lutar boxe com Deus". Aparentemente, meu pau também.

Que merda. Estou ficando chapado. Comprei uma cocaína vagabunda com o cozinheiro, saí às cinco da madrugada e fui direto para o estacionamento do Travelodge do Castro. Mas, espere! Isso não é pó ruim! É pó bom! Ou é speed? Eu nunca me senti assim. Suando, sem fôlego, o pau duro como pedra, e solitário. Solitário pra caralho. Eu conheço esse cara com jeito de que experimentou todas as drogas que já foram oferecidas a ele. Ele me leva até um quarto do Lodge que está dividindo com outro cara, e aquela merda parece que foi atingida por um furacão. Com coisas horríveis pra todo lado, parecendo que uma cobra poderia me picar se eu entrasse. Ele diz que não precisamos ficar e que mora em Fillmore. No caminho até o apartamento dele eu descubro que:

1. Ele é baterista.
2. Ele gosta de jazz. Gosta *muito* de jazz.
3. Ele toca bateria em uma banda de jazz em Berkeley.

e

4. Ele gosta de drogas injetáveis.

Antes de entrarmos no apartamento, ele diz casualmente: "Preciso de um pico antes de a gente trepar". No começo, fico parado por pudor, mas depois lembro que posso fazer o que quiser. Está tarde demais pra tentar trepar com outra pessoa; o navio já zarpou. Ele bota um disco de jazz e enfia a seringa em um copo de água e diz: "Não beba deste copo", e mesmo com o conhecimento muito limitado que tenho do "estilo de vida" dele, eu me lembro do balão de pensamento acima da minha cabeça que dizia: "DÃ, VIADO".

Começamos a trepar e, como o animal que sou, fui direto *pra dentro*. Fiquei falando: "Vai, toma essa piroquinha toda, seu drogado do caralho. Você não tem futuro e eu também não!" (o tempo todo rindo na minha mente como uma garotinha), quando de repente ele disse: "Minha colega mora no final do corredor. Ela é gordinha. A gente pode comer ela também". *Ecaaaaaaaaa!!!!!!! Ele disse mesmo essa porra???* Mas não sobra energia pra se escandalizar quando você está comendo sem camisinha um drogado que acabou de conhecer. Porra. Paciência. Ou não. Aquele cara era claramente um babaca. O sol tinha nascido e ele me disse que gostava de como eu me vestia e que nós deveríamos namorar. Fiz uma avaliação mental da cena à minha volta. Eu estava em Fillmore com meu namorado drogado baterista de jazz, trepando ao som de discos de jazz, vestido como um aluno babaca de Berkeley dos anos 1950. Cara, que se foda. Essa merda é beatnik e *eu odeio* nostalgia. Saí correndo do apartamento, completamente nu.

EPÍLOGO

Três dias depois que Johnny me disse que amava mais o Michael (porque o pau dele era maior), eu comecei a ficar afetado. Primeiro, comecei a comer sem parar, depois comecei a me cortar, mas assumi o controle. Fiz yoga, lavei a bunda, passei hidratante, vesti uma cueca preta transparente Calvin Klein, uma calça jeans skinny preta Levi's, um casaco Adidas preto monocromático, luvas pretas, tinta preta de futebol americano no rosto (igual à Left Eye do TLC – descanse em paz) e um gorro preto. Uma corrente de ouro e um brinco de diamante. Borrifei um pouco de Obsession, da Calvin Klein. Eu parecia um ladrão de casas ou um integrante do Black Bloc. Era hora da justiça. Peguei uma bolsa preta e botei dentro uma corda preta com um gancho numa ponta e um tijolo com um bilhete amarrado. Cheirei ecstasy (que sobrou da noite anterior) para me acalmar e pulei na bicicleta para ir até o apartamento do Johnny. Botei a tranca na bicicleta e subi pela escada lateral até o telhado do prédio de quatro andares, de onde peguei o gancho e desci de rapel pela lateral até estar no chão, olhando para o apartamento dele, no segundo andar. (Eu poderia ter só andado até o outro lado do prédio pela calçada, mas estava viciado no drama de usar o gancho e a corda.) Fiz uma oração para Ogum (o deus africano da guerra) e, com mira precisa e destreza, joguei o tijolo pela janela do Johnny, morrendo de rir enquanto voltava correndo até a bicicleta. Imaginei a cara do Johnny quando pegasse o bilhete no tijolo e visse a mensagem (escrita com giz de cera): "JOHNNY, VOCÊ ME AMARIA SE O MEU PAU FOSSE MAIOR?".

(Dois meses depois, Johnny me perdoou e jogou um tijolo pela minha janela com um bilhete preso, que dizia: "SIM".)

POR QUE EU TRABALHO EM UM RESTAURANTE

Eu odeio minha terapeuta. De verdade. O assunto dessa sessão era pra ser "Por que eu trabalho em um restaurante" e por que não consigo ter disposição pra mudar de carreira. Mas é claro que a conversa se degenera até meu pai ausente e o fato de eu ter sido molestado. Todas as sessões se voltam para o meu pai ausente e o fato de eu ter sido molestado. É tão chato! (Na cabeça da terapeuta havia um fio dourado invisível que ligava uma profissão que exige que você atue a você ser um ator de fato, em busca de atenção, o que volta ao meu pai ausente e o fato de eu ter sido molestado. ZZZZZZZZZZZZZZZZZZZZ.) Não acredito que pago vinte e cinco dólares dentro de uma tabela variável só pra ferrarem com a minha cabeça, mas prefiro fazer isso porque nenhum dos meus amigos quer me ouvir reclamar, então tenho que pagar alguém. É o que a gente chama de: "Mas que porra é essa?". Eu só tinha trabalhado em restaurantes e àquela altura sabia que era o melhor pra mim. Eu era uma alma inquieta. Nunca tinha ficado muito tempo parado. Gostava de ficar de pé, de estar presente e envolvido com pessoas (ou graciosamente distraído) e de flertar pra ganhar gorjeta. Apesar de tudo que eu sabia sobre o mundo ao meu redor, ainda sentia um amor genuíno pela humanidade (eu não sabia bem como, só achava que tinha sorte de sentir isso). Eu gostava de contato visual com estranhos. Gostava de ser o centro das atenções. Sendo os tempos como eram, todo mundo que eu conhecia era garçom, barman, ajudante de barman, prostituta, astro ou estrela pornô – desculpe, ator ou atriz pornô –, ou trabalhava em escritório. Eu nunca tinha mexido em computadores, então fiquei nos restaurantes, porque foi onde comecei.

    Teve o restaurante de churrasco e bagre grelhado onde muitos dos meus primos distantes trabalhavam. Um tipo de churrasco que levava o nome da minha cidade no Alabama. Eu podia vestir o que quisesse lá. O salão e a cozinha eram enormes e havia uma sensação geral de descontrole. O restaurante tinha trinta anos e existia em dois endereços, um perto da rodovia e um dois quilômetros e meio mais para dentro (o local original). Minha família comia no original todos os domingos depois da igreja, como tradição. Eu trabalhava no "novo", como era chamado.

Eu recolhia a louça nas mesas e ajudava na preparação dos pratos. Todos os fins de semana, fazia (o caralho de) trezentos litros de chá gelado.

Saio fedendo a soro de leite, cebola em pó e mistura de fubá, ou melhor, de *hushpuppies* – o nome da combinação disso tudo frito junto. Sou assediado sexualmente por um garoto que fez jardim de infância comigo antes de eu mudar de escola, aquele filho da puta branco e grande, um caipira cruel. A namorada dele, grávida de nove meses, trabalhava na cozinha com ele, ela lá com a barriga enorme, deslizando no chão gorduroso. Eu me preocupo muito com ela. Ele é um babaca. Ele me chama muito de viadinho e sempre fala (especificamente comigo) sobre como o pau dele é grande. Uma vez, ele me encontra no banheiro, apaga a luz e segura meu pau. Numa outra ocasião, enquanto está descascando cebolas na cozinha, ele bate no meu saco com tanta força que não consigo respirar e me agacho no chão gorduroso e molhado por um minuto inteiro. Fiquei aliviado quando ele foi embora pra entrar no exército. (Se bem que agora, anos depois, sinto falta dele todos os dias.) É no mesmo restaurante que conheço Jamie. Jamie é uma garota grande e caipira. Mede um metro e oitenta e dois, pesa cento e cinco quilos, é bem grande. O "eu" adolescente é meio desajustado, cento e vinte quilos, um metro e setenta, óculos nerds e um sotaque estranho e afetado de patricinha, cultivado por ouvir discos demais do Bikini Kill. (Eu me apego ao sotaque porque é um jeito descolado/útil de desarmar a clientela caipira.) Eu mencionei meus ótimos quadris pra parir e minha bunda feminina? Sem querer puxar a sardinha pro meu lado, sou bem gostosa. Jamie me ama – principalmente meus ótimos quadris pra parir e minha bunda feminina. Lésbicas adoram essa porra. Pervertidas. Ela não consegue ficar sem botar a mão em mim. Ela sempre me diz o quanto ama meus quadris e minha bunda e como sou gostosa. Ela me diz tanto que sou gostosa que começo a acreditar. Fico um pouco incomodado, mas, quando você é jovem, é bom receber atenção, e ela não é um cara esquisito qualquer. Ela diz: "Você sabe que é gay, né?", e tudo fica bem. Ela fala muito sobre *fisting*, mas não sei bem o que é isso. Ela examina quase todo mundo, e me lembro de querer ser do tipo capaz de examinar qualquer pessoa. Ela parece romântica. Ela me leva para a minha primeira boate gay, aos dezessete anos, e está tocando a música "Better off Alone" da Alice Deejay, que diz: "você acha que fica melhor sozinho". Ela bebe e trepa muito. Ela é muito cristã (nem sei bem como) e certa vez me dá um tapa por usar o nome de Deus em vão. Temos tanto em comum. Somos gordinhos, meio andróginos, os dois sobreviventes de abuso e os dois muito, *muito* presos aqui. Várias vezes me pergunto o que aconteceu com ela.

    Toda primavera há encenações da Guerra de Secessão na estrada perto do Tennessee. Os participantes comem no restaurante depois, é tradição. Estou servindo chá gelado para um salão cheio de homens vestidos como soldados confederados e me dou conta: *Tenho que sair dessa merda.* Decido me mudar para Chattanooga. Na minha última noite de trabalho, não sei como (uma coisa que, anos depois, ainda não está clara para mim), um boato se espalha pela cidade e chega à minha família muito cristã, dizendo que vou entrar em um culto na fronteira do Tennessee, perto das montanhas. Minha tia aparece uma hora antes do meu turno terminar e me diz que vou ser internado se tentar me mudar. Uma hora depois, treze pessoas da minha família aparecem com câmeras e Bíblias. Tento entrar no carro do meu amigo, e minha família ataca a mim e aos meus amigos. Estou sendo puxado do carro e minha prima me dá um soco no pescoço. "Você esqueceu Deus? Esqueceu como se reza?", diz ela enquanto bate na minha bunda. Todas as garçonetes vagabundas estão do lado de fora fumando e vendo tudo. A polícia aparece e a situação piora. Minha mãe conta a versão dela da história da minha vida para o policial, e o babaca caipira me olha de cima a baixo (daquele jeito de quem diz: "Tsc, tsc, filho rebelde") e diz: "Queria que meu filho pudesse fazer faculdade de graça" (sei o que ele quer dizer secretamente quando fala isso, e a verdade é que até hoje nunca vi uma porra de centavo do United Negro College Fund). Sei que esse arrombado pode ir se foder, mas decido não falar merda para o cara branco armado. Mesmo considerando todo esse trauma, sei que "não é hora para esse tipo de coisa". Tenho dezoito anos e posso ir embora, e meus amigos punks destemidos, apesar de apanharem e de serem ameaçados, continuam me esperando (mesmo os policiais tendo fodido com eles), e é por isso que até hoje ainda fodo com punks (no bom sentido, não do jeito dos policiais). Eu me lembro de ter pensado: *Puta merda, estou mesmo indo embora*. Eles me deixam em Chattanooga no dia seguinte e eu logo arrumo um emprego no Pickle Barrel – outra porra de restaurante.

Hoje em dia, minha mãe e minha família ainda morrem de rir quando alguém pergunta: "O que aconteceu com seu filho que fugiu com aqueles adoradores do diabo?".

MEU TIO GAY

Faltavam cinco minutos pras oito da noite; eu estava quase terminando meu turno. Depois, ia me encontrar com meu tio e o marido dele pra jantar no Western Addition. Meu tio trabalhou na mesma lanchonete que eu nos anos 1980. Ele se mudou de Oakland quando tinha dezesseis anos ("Eu era menininha demais pra Oakland") e foi pra um apartamento na Eighteenth com a Collingwood, no Castro. Ele dizia que em uma boa noite de sábado podia ficar esperando na varanda do segundo andar até os bares fecharem e jogar a chave para passantes bonitos sem dizer nada. Achei foda demais!

Eu me senti estranho. Dois domingos antes, jantei com ele e seus amigos, meus outros "tios", como ele se referia a eles, e ele me mandou especificamente não dormir com o "tio Mike" – seu melhor amigo. Comecei a entender por quê. Tio Mike esperou até meu verdadeiro tio estar longe e começou a me contar outras histórias dos anos 1980 (e atuais?) de quando colocava cocaína na ponta do pau (sem o passivo saber) pra deixar o passivo dormente e eles poderem trepar por mais tempo. Guardei segredo do meu tio que tínhamos trepado como loucos nas duas semanas anteriores.

Fui jantar na casa do meu tio e aquela merda virou uma agressão hipócrita. Meu tio me perguntou mil de vezes durante o jantar por que eu ainda não tinha um namorado e se por acaso eu sabia que não estava me tornando mais jovem. Eu já tinha as respostas. Dinheiro. Tempo. Meu problema com a bebida. Meu medo de compromisso. Além do mais, eu já era casado – com a minha arte. Meu tio gay não aceitou nada disso. Nove parceiros de foda e nenhum namorado, tsc, tsc. Tentei explicar pra ele que isso era progresso sexual, que era revolução (isso tudo era alto risco). Meu tio gay declarou calmamente: "Você precisa lavar essa xereca e ir procurar um homem".

Minha missão estava clara agora:

1. Lavar minha xereca.
2. Ir procurar um homem.

A última vez que tive um encontro de verdade foi em 2006. Um cara com quem eu estava trepando me convidou pra jantar com o outro cara com quem ele estava trepando, e a coisa deu exponencialmente errado. O outro garoto tinha musculatura melhor e gostava de ser xingado com palavrões racistas enquanto estava sendo comido. Como eu podia competir com isso? Em um esforço de superar o outro garoto, falei para o meu interesse amoroso que ele podia me comer com uma fantasia da Ku Klux Klan. Tentamos por alguns minutos, mas eu não queria isso de verdade, e o amor nem sempre se escreve com três Ks; aprendi isso da maneira mais difícil. Depois dessa extravagância, decidi parar de ter encontros e só ser muito enrabado. Era mais fácil do que tentar.

"Você devia encontrar um homem como seu tio _____" (o marido dele).

Alto, polonês. Confiável. Polônia. Onde fica a porra da Polônia?

Não tive coragem de contar ao meu tio que meus planos pro futuro eram ganhar peso como minha diva Aretha Franklin, ter doze gatos e pagar por sexo com meus cheques da aposentadoria por invalidez. Eu teria liberdade de decidir, sem que um cara ficasse me dizendo o que fazer. Seja o professor de educação física, um policial ou meu namorado, todas as figuras de autoridade me incomodam. Eu queria ficar livre de toda a estupidez. LIVRE. ESTÚPIDO. Liberdade. "Desisto de você", diz ele. O marido dele me dá um tapinha no ombro. "Você está em uma idade impossível de achar um bom marido. É só esperar." Ele se levanta e vai se sentar do outro lado da sala de jantar, onde fica um piano, e toca (de memória, ainda por cima) uma peça clássica de quarenta minutos e chora no meio, e talvez eu queira me casar com um homem como o meu tio. *Onde fica a porra da Polônia?*

RESULTADOS POSITIVOS

Eu estava com a sensação de estar com aids. Tinha um pesadelo recorrente de ir a uma clínica de ISTs, dizer meu nome e luzes vermelhas começarem a piscar e uma sirene começar a tocar. Eu estava lá sentado com minha orientadora de HIV e contava pra ela meu histórico sexual do ano anterior e – juro por deus que ela fez isso – ela se levantou, revirou os olhos (com força) e disse (com sotaque de patricinha): "Hum, acho que você talvez seja soropositivo pra HIV". E ela estava certa! "Como você acha que isso aconteceu?", perguntou ela. Eu pensei muito. Devia ter sido um dos duzentos caras que deixei meterem em mim sem camisinha, mas não falei isso porque, apesar de não conhecer aquelazinha, eu não queria que ela pensasse que eu dormia com qualquer um. "Peguei em um assento de privada."

Ela não riu. Senti que ela era sapatão, e não tem como convencer uma lésbica de que sêmen é legal. A não ser que ela esteja tentando engravidar, claro. Hã--hã, esqueça! Fiz a mesma coisa que eu fazia quando era encurralado: menti até a raiz do cabelo. "Peguei do meu namorado monogâmico que estava me traindo (snif, snif)." Agora ela estava pronta para me tratar como um ser humano. "Ah, querido! Tome um lencinho! O mundo é tão injusto! Que monstro!" Eu meio que odeio essa fulana. E por que piranhas não ganham solidariedade? Nenhuma? E se eu tivesse falado a verdade? "Ah, eu só queria que gostassem de mim." Ela certamente me rotularia como uma ameaça à sociedade. "Tome umas camisinhas e um lubrificante", disse ela. Peguei o lubrificante. Fiquei meio traumatizado com a notícia. Claro que eu não queria chorar nem jogar coisas longe. Para ser sincero, eu só queria suco de laranja. Eu não ia chorar, mas claro que ia usar um pouco de oxicodona. Liguei pro meu primo na minha cidade, às lágrimas: "Roscoe, eu tenho HIV (snif, snif)". E ele respondeu: "Ah, tipo o Magic Johnson? Que se foda, negão! Come uns legumes aí!". Eu tive que repetir as palavras dele mais lentamente na cabeça: "Que se foda, negão, come uns legumes aí". Que ótimo conselho! Mas eu nunca como legumes nem bebo água. Eu como café. É certo que vou morrer. Sei lá. Eu me lembro de ficar sentado na clínica de ISTs olhando um modelo do HIV. Que coisa feia. Parecia uma coisa saída de *Star Trek*. Uma coisa em forma de bolha, cheia de pontos vermelhos. Gruda em uma das suas células e faz um montão de cópias de si mesma. Apesar do meu número de parceiros, eu tinha uma boa noção de quem tinha feito aquilo comigo. Eu não deixava muitos caras gozarem dentro de mim. (Só os que eu achava gostosos.)

    Ele morava na minha rua. Quando fui de bicicleta me encontrar com ele e contei, ele disse: "Bom, vai ser difícil agora que estou saindo com uma pessoa de quem gosto de verdade...". E o que eu era, a gordura da carne? Mas, espere, eu *era* a gordura. Nós nos conhecemos pela internet, e a foto que ele postou era dele pelado com a bunda erguida no ar; e tenho certeza de que, se o inferno existir, todos nós, garotos gays, vamos pra lá porque tratamos uns aos outros muito mal. Talvez. Depois que conto do HIV, ficamos sentados na cama dele chorando e nos abraçando por quarenta minutos, e me dou conta de que, apesar de estarmos trepando há meses, essa é a coisa mais íntima que já fizemos juntos. Dou uma longa olhada nele. É um garoto grande e branco, de ascendência escandinava (eu nunca consegui pronunciar o sobrenome dele direito). Um metro e noventa e dois, cem quilos (puro músculo), cabelo louro, olhos azuis. Parecia ter vindo da Escandinávia naquele dia, em um barco viking com vinte primos tesudos. Fico de pau duro e pergunto se ele quer trepar uma última vez. Eu já tinha esgotado meu risco, então por que não? Ele ri e me expulsa e liga pro novo namorado pra avisar que é possível que a vida dele esteja destruída. Saio pedalando sabendo que nunca mais o veria e, apesar de tudo, sei que não é uma grande tragédia. ("Não acredito nisso!", diz um garoto da aula de escrita. "Não acredito quando você diz que não foi uma grande tragédia!" Eu garanto que, naquele dia em particular, não foi mesmo.)

Cheiro um pouco de oxicodona e vou cagar. Há algo de muito xamanístico em cagar drogado. Eu me sentei na privada, todo me coçando e suando, e minha mente foi para lugares sombrios. Tive visões dos meus dois últimos linfócitos T sentados em um sofá no meu fluxo sanguíneo, fumando crack, quando de repente um olha para o outro e diz: "Cara, que se foda este lugar", e cada um dá um tiro na própria cabeça! A corda me prendendo à Terra é cortada e saio voando pro ALTO ALTO ALTO acima do mundo. Dou um high-five na minha bisavó morta ("Bem-vindo", ela diz com amor). Estou muito chapado. Por vontade própria, mudo a visão. Sei que quero ficar velho. Então me imagino nos três hectares de terra que meu pai deixa pra mim no Alabama. Estou sentado na varanda da minha grande fazenda em uma cadeira de balanço, o cabelo branco/grisalho comprido, fumando erva, a casa cheia de garotos jovens gostosos – de velhos também –, plantando melancias orgânicas e outras porras assim. Isso mesmo. Levanto para me limpar e estou tão doidão que olho minha merda no papel higiênico por umas duas horas. Quando passa, vou cozinhar uns legumes.

MERDA, PASSAR CHEQUE, VÔMITO E OUTRAS CIRCUNSTÂNCIAS INFELIZES

Havia merda pra todo lado da cidade. "Não me importo se for no meu pau!", como dizem por aí, mas estava *pra todo lado*. Um maluco cagou na minha porta, não em toras educadas, mas um monte enorme e nefasto que era arredondado no alto e nas laterais como um cogumelo de um quilo e meio. Como se isso não bastasse, o culpado pegou um dispensador de balas de brinquedo (chamado "The Sweet Machine") e o colocou (estrategicamente?) no meio da merda. Limpei tudo a caminho do trabalho, mas o dia todo senti nos pulmões o fedor pesado de merda. Botei o brinquedo coberto de merda em um saco ao lado das lixeiras da rua. Desapareceu por duas horas e alguém o trouxe de volta depois. Que coisa horrível eu tinha feito para merecer aquilo? Cheguei atrasado no restaurante. De novo. O único cliente era outro drogado. Eu só soube disso quando ele desmaiou na mesa por meia hora. Passei por ele e senti o cheiro e vi que ele tinha se cagado. Fui pra um lugar seguro no restaurante e, de longe, o vi acordar, derrubar a água, enfiar o dedo na parte de trás da calça, CHEIRAR, surtar e correr pro banheiro. Ele ficou no banheiro mais uns trinta minutos, e quando saiu (com a cabeça batendo no estilo "usei heroína"), o banheiro e a pia estavam completamente cobertos de merda. (Pra pagar o milk-shake, ele me entrega dez dólares – que encharco de álcool na mesma hora.) Mais tarde, na aula de escrita, o professor nos pede pra escrever sobre coisas desagradáveis, e o título do meu texto é "Merda, passar cheque, vômito e outras circunstâncias infelizes".

1. Levei um babaca pra casa depois do bar e trepamos como bêbados. Depois, claro, eu tive que pagar o preço. Tirei o pau de dentro dele, sujo, e o quarto se encheu do cheiro de legumes ao curry. Ele quase vomitou e eu tentei dizer alguma coisa confortante e atenciosa pra aliviar a situação, tipo: "Não se preocupe, gato, é humano – é natural" (apesar de eu estar querendo *morrer*). Limpei o pau numa meia suja e a joguei embaixo da cama. A parte estranha: três meses depois, quando limpei meu quarto, não achei a meia cagada em lugar nenhum. O que aconteceu?

2. O extraordinário é que eu conheci esse garoto oito anos antes de a gente trepar. Era uma espécie de precedente, mas mesmo assim a coisa toda virou um inferno. Ele queria foder de manhã. Eu odeio sexo matinal. A manhã não é um momento sexy. É hora da merda de cerveja, do bafo, da sensação de gases e inchaço, das pontadas de fome – você não pode fazer amor com a minha mente? "De jeito nenhum", diz ele. Prefiro me odiar a foder de manhã, mas, pra que *ele* fique feliz, eu cedo e me curvo. Normalmente, eu calo a boca e internalizo meu papel de passivo, mas não consegui superar o pensamento/fato pessimista de que levar na bunda sem sentir nada é humilhante. Fazer o quê. Foi nessa hora que meu amante (aquele pau de cavalo) tirou e *ai!* Parecia que ele tinha arrancado meu rim! Olhei pra ver se tinha tripa minha no pau dele e tinha! Tinha uma coroa vermelho-amarronzada "coroando" a cabeça do pau dele. Parecia assassinato! E ele teve a cara de pau de ficar *sorrindo!* Ele se sentou com descuido na cama e manchou o lençol com o que restava do meu intestino, não disse nada e até verificou os e-mails, ainda com minha merda no pau. Eu o julguei, tomei banho e saí. Acho meio hipócrita ser fezesfóbico quando se fode alguém pela bunda, mas por que tudo parecia tão errado pra mim? Eu soube que nós nunca poderíamos ficar juntos porque ele ficava à vontade demais com a minha merda.

3. No fim das contas, devo dizer que meus parceiros sexuais mais impressionantes sempre foram garotos drogados-punks porque eles não estão nem aí. Eu não quero

sexo com caras gays de cu raspado porque sou um gay com aversão a si mesmo (sem remorso). Só dizendo. A gente fumou (sim, fumou) uns quatro gramas de cogumelos, comeu a outra metade e ele começou a meter na minha boca. Ops! Cadê o ar? Vomitei na lateral da cama e no chão. Ele fez um carinho no meu rosto e disse "Awww, baby!", jogou uma toalha em cima do vômito e voltamos a trepar. Eca.

4. Eu estava totalmente envolvido no ato sexual com um comissário de bordo coroa lindo, trinta anos mais velho do que eu. De repente, meu pau saiu de dentro dele, bateu na minha barriga, e vi (no quarto iluminado pelo luar) uma bola enorme de merda, grudenta e lenta, escorrer pela minha barriga e cair no chão. Quando acendemos as luzes, não vi a bola de merda em lugar nenhum! Acho que o cachorro comeu.

(PORNÔ) EXPERIMENTAL, PORCARIA E NADA DE ESTRELA

1. Meu primeiro namorado em São Francisco foi um grande filho da puta. Eu estava num quintal qualquer congelando, com uma tonelada de maquiagem, prestes a fazer meu primeiro pornô com unicórnio. A pergunta não era *Por que estou fazendo isso?*, mas *Por que estou fazendo de graça?!* Mas, espere. Eu sei por quê. Com minha lógica de vinte e dois anos de idade, eu estava fazendo aquilo porque queria que ele me amasse. Ba-ba-baboseira. Algumas pessoas dizem que o amor não tem preço, mas comparo o amor a um cartão de crédito ou um empréstimo do agiota, ou seja, você sempre vai pagar bem

mais depois. Ser comido por um unicórnio não era tão oneroso moralmente quanto fisicamente. O chifre era pontudo pra caralho e me fez sangrar. Anos depois, cheio de cocaína na cabeça em uma cabine de banheiro, eu e meu amigo diretor discutimos sobre a logística física de ser comido pela bunda. "Deveria chegar um ponto em que você não sente nada", disse ele. O problema era que eu sentia tudo, e essa era a essência da nossa discordância. Ele era um passivo dominador; eu era um passivo dominado. Um não entendia o outro. No dia em que fui embora do set de gravações, liguei pra minha mãe e perguntei: "Ah, mãe! Eu fui explorado?"; "Provavelmente", disse ela. "Mas pense da seguinte forma, meu bem. O mundo está cheio de gente doente. Tem gente que trepa com bicho. Tem gente que trepa com crianças. Mas trepar com um unicórnio... Isso é arte." E com esse conselho bem colocado, eu decidi relaxar. Ainda fico atraído e até encantado quando vejo meu antigo namorado, mas não passamos muito tempo conversando sobre nosso antigo "filme artístico".

2. Fui escolhido para participar de um pornô gay indie-rock. O enredo era sobre vários garotos em São Francisco procurando amor, e haveria cenas de gozo e de pau duro, muito *avant-garde*. Fiz o papel de um vendedor de loja que era o ativo (duas coisas que desprezo mais do que tudo, mas eu queria um papel que me desafiasse). O elenco se reuniu para conversar. Nós víamos o filme como estratégia política. Queríamos desafiar a mentira da imagem

corporal do homem gay e decidimos deixar o cabelo crescer e ganhar quinze quilos cada um. Como nenhum de nós tinha pelos no corpo, nós nos definíamos como "querubins" (ou seja, gorduchos, mas sem pelos, tipo ursinhos pelados). Só o tempo diria se a comunidade de ursos nos aceitaria como seus primos pelados ou se eles seriam umas putas velhas metidas (como os ursos costumam ser, sejamos sinceros).

No primeiro dia de filmagem, apareci gordo pra caralho, parecendo uma versão indie-rock do Rerun de *What's Happening!!*, e aquelas pocs estavam todas magrelas! É que elas acharam que eu estava brincando. Fiquei a ponto de matar aquelas escrotas, mas os corpos magrelos teriam gosto de comida macrobiótica. Porra. Eu não tinha escolha além de seguir em frente. Na pré-estreia do filme, fiquei chocado de ver como fiquei lindo pra caralho na tela, com quinze quilos a mais. O peso extra preencheu todas as minhas rugas de drogas! Sem mencionar o "peso" que acrescentou às minhas cenas de sexo. Eu chupei paus e comi bundas como uma pessoa faminta, e a plateia aplaudiu. Depois de sair da pré-estreia, comi um balde inteiro de frango frito e parabenizei *a mim mesmo*, agradecendo à Deusa pelo mundo ao meu redor estar pronto pra essa maravilha toda.

3. Nudez. Pediram que eu ficasse nu na capa de um dos jornais semanais gratuitos e eu aceitei porque sou do tipo tudo ou nada. Também achei que alguém precisava representar a comunidade não circuncidada. Além disso, por

mais que eu tente ser durão, sou na verdade um *hippie* do caralho. No lugar feliz que tenho na mente, estou correndo por aí pelado em um campo ensolarado enorme, com um girassol no cu, sem achar nada, só *sentindo*. Saiu nas bancas de jornais e uma mana reagiu: "Por que o pau do cara branco era maior? Você acha que foi conspiração racial?". (Ela estava criando caso por causa disso.) E eu falei: "Que nada, cara. Genética?". Nós deixamos o assunto de lado, ficamos chapados e fomos ao mercado Whole Foods.

UMA INTERVENÇÃO

Eu tinha passado do turno da madrugada para o da manhã. Sete da manhã. Tinha que sair de Oakland às seis horas, cinco dias por semana. Comecei a reparar que isso era tão custoso quanto trabalhar de madrugada, daquele jeito que é uma droga quando você faz e uma droga quando você não faz. Uma velha maluca entrou, toda moderna, o cabelo arrumado – como uma pessoa em situação de rua podia ter um cabelo tão fabuloso? É preconceito de classe perguntar? Ela ficou deixando moedas caírem, batendo cigarros no café e espalhando-o por toda a mesa. Vinte minutos depois de a expulsar, eu me arrependi porque fiquei sozinho no restaurante com minha depressão aguda, que estava em desenvolvimento havia dois anos e meio.

    A depressão começou depois que saí da lanchonete pra ir pra Europa e, quando voltei, descobri que tinham dado meu emprego pra outra pessoa. Fui trabalhar numa pizzaria em Berkeley. Foi uma merda. Eu recebia cantadas de pais esquisitos e bissexuais de Berkeley e odiava lavar pratos. O emprego era perigoso por alguns motivos: era perto de um bar que dava desconto em drinques pros funcionários da pizzaria e ficava a quatro quarteirões da sauna gay. Às vezes, eu voltava a mim andando lá perto depois de apagões. Uma noite, eu estava tão entediado que bebi escondido uma garrafa de Jack, fiquei bêbado a ponto de não lembrar mais nada, tive uma briga com o gerente noturno e fui demitido. Era o terceiro emprego que eu perdia porque bebia – então eu estava acostumado! Paciência. E quem é que gostava de lavar pratos? Perder o emprego não partiu meu coração – mas recuperar a consciência na sauna gay, sim. Cheguei a um ponto em que, mesmo sem apagão (só meio tonto), eu ainda deixava basicamente qualquer um me comer, como o cara de oitenta anos que sempre usava os óculos de aviador, Raphael, o poeta cego, e qualquer quantidade de funcionários da sauna. Foi antes de eu ser positivo, e eu achava que teria que lutar loucamente pra manter meu status de negativo, porque ou eu gostava demais de me divertir ou tinha desejo de morte (era difícil discernir). Minha terapeuta na época me mandou escrever uma história sobre tudo o que me acontecia quando eu trabalhava na pizzaria. "Preste atenção especial às ações do garoto da história", disse ela. "Você consegue viver com o garoto da história?"

Eu não conseguia viver com o garoto da história. Tinha a sensação de que tinha fracassado comigo mesmo. Reagi frequentando reuniões do Sexo Sem Proteção Anônimos. As reuniões costumavam ficar cheias. Nós éramos todos viciados em algum tipo de substância. Drogados, bêbados, viciados em estimulantes, tudo. Lamento admitir que, no começo, eu tinha um leve preconceito contra esse último grupo. Como se diz por aí, um drogado rouba você. Pronto. Um bêbado rouba você e esquece. Mas um viciado em estimulantes rouba você e o ajuda a procurar o que foi roubado. Eu nem sempre conseguia discernir o que era pior, mas baixei a guarda e aprendi a amar meus irmãos que amavam anfetaminas. À medida que fomos revelando nossa vida em histórias, acabei descobrindo que tinha feito coisas *beeeeem* piores bêbado, em apagões, do que a maioria deles depois de ficar acordado por seis dias. Não julgue, eu aprendi. Também aprendi outras coisas úteis no Sexo Sem Proteção Anônimos, como, por exemplo, que tirar na hora H não é uma forma de prevenção de doenças e como recusar uma bunda de vez em quando. Uma poc golpista radical contou uma história incrível de quando, nos anos 1990, em uma boate de sexo em Amsterdã, ela ficou com a cabeça cheia de anfetaminas e levou cento e doze gozadas anônimas na bunda em uma "sentada" de quatro horas (ela estava acordada havia duas semanas) e que, fora a parte do uso da substância, ela não se arrependia de *nada*. Cento e doze gozadas. Puta que pariu, Jesus, Maria e José. Quem ficou contando?! Essa história não ficava menos convincente a cada vez que era contada... *em todas as reuniões*. Eu me lembro de pensar que não era excitante de um jeito pornô, era mais de um jeito estilo Canal Animal. Eu me lembro de uma vez em que ela contou a história e eu acabei vomitando meu sanduíche de atum. A única vez que eu duvidei de uma história foi quando um babaca do Distrito Financeiro falou durante quarenta e cinco minutos seguidos (deixando cinco minutos da sessão pro resto do grupo) sobre seu vício enlouquecido em estimulantes e ainda teve a coragem de dizer: "Sou rico demais pra não ser feliz..." (eu quase vomitei). Eu também, sendo rico (ainda que só em espírito), apareci drogado, cheguei no meio do solilóquio mentiroso de um sujeitinho qualquer e, na sobriedade pós-erva, percebi: "Espera aí, aquele viado ainda está usando anfetaminas!". O merda do estagiário de psicologia que estava organizando a reunião nem percebeu, e eu me senti um tanto crítico (eu tinha ficado incomodado) e escrevi pra ele pela caixa de sugestões no fim da reunião: "Você é um babaca e deveria se matar". Além disso, pra ser babaca de forma integral, eu pedi ao mesmo babaca egoísta no saguão se ele podia me emprestar vinte dólares.

A TAREFA
OU
JOHNNY, VOCÊ ME AMARIA
SE O MEU FOSSE MAIOR? –
PARTE 2

Como parte do nosso processo de tratamento no Sexo Sem Proteção Anônimos, nós tínhamos que cumprir tarefas semanais. A primeira tarefa: comprar camisinhas, sua puta imunda. Fui até a farmácia e olhei para a caixa de camisinhas para o meu tamanho (ou seja, portátil). Percebo que não peguei HIV porque fui promíscuo como uma prostituta (necessariamente), eu peguei HIV porque fiquei constrangido demais pra comprar camisinhas pequenas. Droga. Pra piorar as coisas, Michael estava lá comprando camisinhas também! Ele estava andando pela farmácia com uma caixa de camisinhas Magnums tamanho extragrande! E sorrindo! A caminho do banheiro pra me matar, eu vi um pacote de manga com pimenta. Trouxe lembranças que me fizeram pensar sobre as complexidades da questão do tamanho do pau.

1. Eu estava andando com o Texas. Texas é um cara branco grandão do Brooklyn. Ele tinha um pauzão de porto-riquenho (bem-dotado). Depois de uma viagem recente à Tailândia, ele relatou que os garotos locais se jogam nos turistas brancos com a suposição de que eles: a) têm paus grandes; e b) têm mais dinheiro (embora pessoalmente eu ache que, quando o assunto é trepação de bichas, o dinheiro sempre é a motivação maior – mas talvez eu é que seja ganancioso demais, sei lá). Texas também relatou que os ativos da região, adaptando-se a essa chateação cultural, desenvolveram um dito: "Por que ter um bananão se você pode ter uma pimenta malagueta ardida?". Pimenta. Malagueta. Ardida. Porque essa é a sensação de um pequeno! Que sensorial! Eu sabia que estava com uma doença mental porque aquela história fez eu me sentir melhor.

2. Trabalhei em um clube de strip por um tempo, como limpador de porra. Eu também levava e trazia as garotas para as cabines, pra que elas não fossem incomodadas. Eu e uma stripper russa conversávamos o tempo todo, principalmente sobre paus. Uma vez ela disse (com sotaque de espiã): "Acho que todos os caras deveriam ter o tamanho do pau tatuado na testa". Primeiro, o passivo furioso que

há em mim pensou: *Isso aí, porra...*, mas o humanitário em mim se intrometeu: *Calma aí, isso parece coisa de nazista alemão!* Só consegui imaginar um cara andando por aí com um -2 na testa dizendo: "Pelo menos eu sou bonito". Que horror.

3. Eu estava hospedado com uma amiga em Nova York e ela me pediu pra comprar absorventes internos para ela e camisinhas Magnum GG para o namorado dela. Eu queria experimentar como era e fiquei andando pra lá e pra cá pela farmácia por vinte minutos segurando os pacotes, só pra ver se as pessoas reparariam. Ninguém deu a menor bola, muito menos a moça que me atendeu no caixa e que parecia não fazer sexo desde a Guerra Civil Americana. Ela me olhou de um jeito estranho e anunciou no alto-falante que precisava que o preço dos enemas que eu estava comprando fosse verificado, botou tudo na sacola e disse: "Tenha um bom-dia, senhor". Fiz várias anotações mentais, andei até Michael e o chamei pra sair. Fomos ver a banda do amigo dele tocar e trepamos na casa dele (de camisinha!). Eu também aprendi que, apesar de ter um pau de mais de dois quilos, ele é um passivo incrível. Fui eu que meti nele. Nós comemos pizza depois, e guardo os pacotes de pimenta calabresa, e só pra ser *muito* obtuso, envio por correio pra ele no dia seguinte. Conto para o meu grupo do Sexo Sem Proteção Anônimos que usei camisinha (todo mundo aplaudiu) e que eu achava que estava indo bem na estrada da recuperação. Mas foi nessa época que Aquele Babaca entrou no grupo e tudo desmoronou...

COMO SOBREVIVER A BOYS LIXO E COMO SOBREVIVER A SER UM BOY LIXO*

(*Houve uma competição de textos de não ficção em uma revista gay nova em ascensão para o jovem com identificação masculina, ou seja, viadinhos [viadetes?], de catorze a vinte e quatro anos. A competição pedia uma espécie de guia para entrar e sobreviver na vida gay adulta. Vi aquela merda, ri um pouco e enviei "Como sobreviver a boys lixo/Como sobreviver a ser um boy lixo" e fui imediatamente rejeitado...)

1. Aquele Babaca. Vou começar dizendo que o fim da minha amizade com Aquele Babaca marcou o início oficial da minha depressão de dois anos e meio. Até hoje, não

tenho ideia de por que ele apareceu no Sexo Sem Proteção Anônimos se ele nem estava tentando mudar. Em pouco tempo, comecei a faltar nas reuniões pra trepar com ele. Eu estava vidrado. Ele não era um sujeito grande. Era bem clarinho. Olhos azuis grandes. Intenso, mas delicado, apesar de tudo. Tinha língua ácida pra completar. O viadinho tinha bafo fedorento, não por causa da boca seca de tanto fumar maconha, mas só por causa das merdas que falava. Ele era bonito de se olhar, e a cereja do bolo era que ele falava com a língua presa. Não de forma irônica, nem afetada, mas uma linguinha presa cem por cento de quem assume: "Sou gay – vai encarar?". Eu achava essa uma das coisas mais sexy nele. Apesar de ter uns vinte e poucos anos, eu tinha uma política rigorosa sobre quem me atraía. Eu estava cagando pra homens "masculinos". Queria uma bicha. Uma bicha louca explodindo em purpurina. Alguém que entendesse completamente a merda que eu tinha que aguentar no mundo. No meio da nossa amizade, ele se casou com um homem maravilhoso que se vestia de forma bem masculina. Ele começou a se vestir de forma masculina. Àquela altura, eu o via como um irmão mais velho que eu admirava. Nós começamos a trepar mais quando comecei a me vestir de forma masculina. Eu ainda era jovem demais quando ele disse que queria me comer, mas não queria usar camisinha, nunca. Fiquei surpreso. Às vezes, eu tinha apagões e contava às pessoas erradas sobre isso. Agora ele já estava muito louco. Ia a festas de sexo anônimas em hotéis, fazia pornografia sem preservativo – como se estivesse mergulhando de cabeça.

Eu, na época, ainda ficava na parte rasa da piscina, e quando ele disse que queria me comer sem camisinha, pareceu um desafio. Pensando em retrospectiva, senti que o que estávamos fazendo era equivalente a um pacto suicida. Descobri depois (como costuma acontecer com todo mundo) que trepar o tempo todo nem sempre é pra "celebrar a vida". Às vezes pode ser depressão, às vezes obsessão. Um dia, eu olharia para trás e veria que na verdade ali estavam dois garotos um tanto desajustados acessando a masculinidade pelo sexo porque o sexo sem camisinha era "como os homens fazem", além do fato de que era bom. Eu cedi ao pedido dele porque a ideia de ele não me amar ou não querer transar comigo era mais assustadora do que qualquer doença. Era tão patético, tão simples e tão burro. Começou de forma inocente. Nos anos seguintes, ele se mudou para longe por um tempo, e comecei a dar a bunda sem camisinha na sauna, com frequência. Comecei a sentir coisas novas. Como a sensação de trepar com um cara que já tinha sido comido por outro cara (ou vários caras) que gozou (ou gozaram) dentro dele. Todos os fluidos se misturando – isso me transformou em algo terrível, mas nunca falei nem escrevi sobre o assunto porque esse tipo de coisa faz a gente ser classificado como criminoso. Fiquei sóbrio por uns dois anos e não podia mais botar a culpa do meu passatempo favorito no álcool e nem em ninguém, só em mim. Penso naquele tempo e alego que eu estava tentando ter de novo aquela primeira sensação ou experiência, como acontece com a maioria dos viciados. Procurei Aquele Babaca em estranhos, fosse no peso deles em cima de mim ou na intensidade do contato visual quando estavam me comendo. Era sempre diferente, porque eles não eram meu melhor amigo.

Ele voltou a morar na cidade e disse que podíamos namorar. Ele mentiu. Eu me lembro da merda no ventilador quando ele me pediu pra dormir no sofá – ficou claro que ele tinha mudado de ideia. Eu não o culpo. Ele odiava quando eu bebia e me fez prometer que ia parar. Eu menti. Nós tínhamos o hábito de fazer promessas que não poderíamos cumprir. No tempo que ele ficou longe, frequentei bares e fui rejeitado por muitos caras. Não esqueça que eram caras com quem ele trepava às vezes, mas eu jurava pelo código secreto dos melhores amigos e não podia revelar que eu e ele trepávamos às vezes. Isso me deixou cheio de ódio e ciúme. Na nossa juventude, nós acreditamos que podíamos ser livres, ser melhores amigos que trepam, mas descobrimos que poucos homens com quem você quer sair de verdade aceitariam esse tipo de situação. Meu ego não aguentou. Conviver com ele me fez aprender como eu era capaz de ser um escroto cruel. Na noite em que ele me fez dormir no sofá, eu saí, voltei e fiquei andando em volta do carro dele por uma hora, tentando resistir à vontade de quebrar o vidro de todas as janelas. Comecei a deixar mensagens agressivas na secretária eletrônica dele. Mas nunca me arrependia demais das mensagens; pelo menos eu precisava de uns nove drinques pra agir de forma escrota. Ele fazia isso sóbrio. Acabei percebendo a real situação entre nós: dois homens jovens que se amavam, mas sempre seriam loucos demais para gostar do outro da forma como precisávamos. Parece que esperei anos pra ouvi-lo dizer: "Sou seu namorado". Não precisava ser tradicional; eu só queria ouvi-lo falando. Ele nunca falava, e às vezes ainda fico tarde da noite escrevendo e questionando se sinto falta dele. Foi isso que partiu meu coração...

2. Fui jantar com meu namorado na época, e aquela merda virou uma guerra de classes. Ele pagou tudo, mais uma vez. Mas, ah, não, desta vez ele estava bêbado o suficiente pra ser bem filho da puta. "Cadê seu dinheiro?! Você nunca tem dinheiro!!!" Havia uma irritação no tom dele e eu sabia que ele estava falando sério. Era difícil eu me importar: por que ele não namorava um advogado? Ou um traficante? Sei lá... Dizer: "Meu namorado artista está sempre duro" é como dizer: "O céu é azul" ou "O mar está cheio de peixes". Está estampado na testa, esse tipo de declaração: "DÃ, VIADO". Não era a primeira vez que ele me humilhava em público. Na verdade, ele devia ser um dos homens mais castradores que já amei. Eu estava acostumado a ser diplomático: "Vamos pra casa, amor". Eu ficava na casa dele com frequência, pra evitar o armazém bagunçado onde eu morava e os dez colegas que viviam comigo em Oakland. "Casa?!", disse ele de um jeito estranho. "Não. Eu tenho uma casa, você que volte pro seu *abrigo de sem-tetos*..." Dei um soco em uma estante de jornais, mas, como isso não me satisfez, dei um soco na cara dele. Ele caiu com o nariz sangrando. Sei que vou me arrepender pra sempre, mas não posso negar os

três segundos imediatos de silêncio depois: como foram tranquilos e como foi bom finalmente calar aquele viado reclamão.

3. Conversa de Travesseiro e Histórias de Guerra: Eram sempre os garotos que gostavam de ficar deitados na cama. Eu me lembro de ficar acordado até tarde tentando exorcizar os fantasmas dos caras do passado. Todos os homens te deixam com algo diferente. Charles era radical. Eu gostava do Charles. Era um cara branco e grande do sul ("Rammerjammeryellowhammer, acaba com eles, Alabama!", ele dizia). Na cama, me contava histórias sobre sua mãe sem classe (e incrível). Como acontece muito por aí, o padrasto dele viajava a trabalho e a mãe transava com o namorado no carro dele no fim da rua. Sempre que o padrasto do Charles ligava do Meio-Oeste ou do Norte ou de onde quer que estivesse, era trabalho do Charles acender a luz da varanda e apagar em seguida, deixar piscando, pra sinalizar pra mãe que ela tinha que ir atender. Charles explicou que, quando ficou mais velho, começou a "sofrer" da mesma "febre" da mãe.

Teve o Mickey. Ele também gostava de ficar deitado na cama. As histórias dele eram terríveis: o pai o tinha molestado. Eu me lembro da sensação de nunca poder protegê-lo. Ele acabou pirando nas drogas e a mãe foi buscá-lo e disse que não tinha ideia de por que ele era tão perturbado. Eu joguei o abuso na cara dela.

Eu me lembro melhor de ficar deitado na cama com o Jesse. Era com ele que eu ficava mais tempo na cama.

Ainda me lembro da noite em que ele, mais uma vez, explicou por que eu era péssimo em fazer massagem e por que não deveríamos ser amigos que trepam. Nunca. Nunca mesmo. Mas também me disse que eu fazia o melhor boquete da vida dele. O melhor de todos. Sei lá. Conversa de travesseiro. Histórias de guerra. Os homens com quem compartilhei espaço mental ainda me mantêm acordado à noite. A maioria das pessoas conta carneirinhos pra pegar no sono. Eu só contava todos os meus homens.

4. O Homem que Desaparecia: Ele acordou se sentindo invisível de novo. Não havia desculpa pra ele fora o fato de estar de saco cheio e querer deixar tudo pra trás. Os dias seguintes ao rompimento foram difíceis, como um dia específico em que tudo estava deixando ele irritado. Ele acordou com chuva e ficou logo de saco cheio. Plip. Plop. Plip. Plop. Plip... Era o som de sapatos de lona encharcados na chuva. Foi essa batida que o fez descer a rua até o ônibus, até o trem, apesar de preferir ficar em casa dormindo. Quando ele saiu de casa e desceu a rua, ninguém comemorou, não houve celebração de rosas. Só a ligação matinal da mãe para lembrá-lo que Jesus o amava e que ele era lindo. *Bom, pelo menos alguém me ama*, pensou ele. Havia tantos erros em que pensar no trem. Garrafas de bebida estavam se empilhando no quarto dele e cada uma parecia ter uma espécie de bagagem espiritual junto. A noite em que ele arruinou a vida, e outra noite em que ele arruinou a vida dessa outra forma. Todas as garrafas indicavam esses fracassos, e guardar as garrafas era uma

magia maligna que ele não temia. Ele ficava entediado ou entorpecido. Refletiu sobre a noite em que tudo deu errado. Tinha ingerido comprimidos demais pra tentar aguentar uma festa onde o ex estaria. Apagão. Ele ouviu na manhã seguinte que ficara no meio da sala na festa chorando e dizendo: "Passei aids pro _____!".

Ele não tinha passado aids pro garoto e sabia disso. Foi a culpa de fazer sexo com ele (considerando o relacionamento sorodiscordante) que causou o surto? Ou foi o lado de viado cruel que só queria trepar mais com um ex? (Os dois homens tinham magoado um ao outro com frequência, com uma facilidade tão escrota como se estivessem brincando de pique.) Era outro relacionamento destruído em um milhão de pedacinhos. Era culpa de todo mundo. Começou a chover mais forte e o hidratante que ele usava no inverno escorregou da pele para o chão, se misturando na sarjeta com as poças incandescentes de óleo de motor, tudo descendo pelo bueiro que vai até a baía, que vai para o mar... Pelo menos ele estava limpo. Ele se deslocou de forma desafiadora para a frente. Não tinha medo da chuva. Sabia que era só água. Foi assim que ele ficou agradavelmente (mas não tão agradavelmente) transparente nas manhãs chuvosas e cinzentas que surgiam na vida dele às vezes. Se você ficasse atrás dele quando ele estava descendo a rua, repararia que, enquanto se afastava, ele parecia desaparecer.

5. Eu e o Escritor: Claro que era um erro sair com outro escritor. Nós éramos diferentes e discordávamos estilistica-

mente e com muita frequência. Ele achava que eu era sincero demais e direto demais e com muita frequência na minha escrita, e eu achava que ele falava merda demais e com muita frequência. Eu fazia aulas noturnas de escrita e ele estudava em uma faculdade específica disso, então eu acreditava nas críticas dele. Ele costumava ser publicado naquele tal volume *New Best Gay Erotic Fiction*, os livros que eu tentava evitar. Todas as histórias dele eram sobre "As incríveis aventuras de dois brancos chatos apaixonados", e as pessoas *compravam* aquela merda com dinheiro e fé. Como um bando de patetas. O que não é muito surpreendente, a maioria das pessoas come no McDonald's. Eu só odiava a ousadia incrédula. Por que um daqueles garotos tão preciosos não podia ser assassino e viciado ou ter um distúrbio alimentar? Qualquer coisa que deixasse aquelas histórias tediosas mais sensuais e animadas. Parabenizei a mim mesmo por escrever sobre coisas reais, tipo violência com armas e vício em sêmen. A merda bateu no ventilador no dia em que entrei no computador dele e estava lendo o diário, os e-mails e os rascunhos. Bem ali, no meio da tela, evidente como um pau duro de vinte e cinco centímetros, havia uma coisa familiar para mim. Ele tinha roubado uma das minhas ideias e botado na história dele. Eu sabia que ele receberia por aquela história. A castração da situação me abalou. Guerra. Guerra. Guerra. Agora, ao olhar para trás, acho que tínhamos inveja um do outro. Eu me lembro de às vezes (meio que) sentir inveja do sucesso dele, ou melhor, de desejar ser ele; talvez minha ideia surgir na história dele fosse ele desejando ser eu.

Fiquei enfurecido. Levei o laptop dele para o jardim dos fundos e joguei fluido de isqueiro (água benta) nele e botei fogo naquela merda prateada. Ele nunca mais falou comigo e nunca pôde retribuir o favor – as minhas histórias já pegavam fogo mesmo.

A POLÍTICA DE CAÇAR O VÍRUS

Entrei no site de sexo sem preservativo porque estava sem ideias. O cara veio na minha casa; ele estava em uma onda de cinco dias de efeito de anfetamina. Ele me encarou e disse que estava preocupado comigo. "Você também caçava o vírus?", pergunta ele. Faço uma pausa, porque é muito raro eu me sentir escandalizado por alguma coisa... e gostei da sensação. "Se eu tentei pegar HIV de propósito?" *Hummmmmmm.* Eu sempre tenho dificuldade com essa pergunta específica. Nós bichas somos engraçadas. Vamos à igreja, apontamos o dedo, nos chamamos de burros e choramos até dormir à noite por causa do assunto de sexo. Quem faz burrice é burro (claro) e, se você fizer mais de três vezes, não é mais erro. O caçador de vírus diz: "Prefiro pegar logo pra poder parar de me preocupar". Isso se chama "extremo". Ao olhar para trás (de óculos) para certas decisões que tomei chapado, acho que também é extremo dizer: "Quero fazer um monte de coisas arriscadas e não quero que nada de ruim aconteça". A aceitação passiva é uma merda e talvez não haja tanta diferença quanto pensei entre mim e esse cara. Levei três horas para expulsar ele de casa porque não consegui parar de trepar com ele. Agora sei que não é questão de: "Quem está certo, eu ou ele?". Nós dois estamos erradíssimos, claro. A pergunta certa é quem está mais errado.

DIÁRIO DA TURNÊ: TEXAS

1. Solange: Foi o melhor dos estados. Foi o pior dos estados. Foi o melhor estado de espírito. Foi o pior estado de espírito. Foi o festival South by Southwest e não consegui (Kim) lidar com isso. Foi uma situação de boate. Eu e uma mana de cabelo black power usamos cogumelos e fomos àquela festa decadente de Nova York que estava acontecendo em uma boate de Austin naquela noite. Ill Shapes ou Cross Shapes ou alguma coisa com Shapes (o nome me foge agora). Achamos melhor não provocar muita confusão na terra das pessoas brancas assustadoras, ou América Mediana, como chamam, mas acabamos fazendo

exatamente isso, claro, e pagamos o preço. Eu estava com meus colegas de banda e a equipe. Nós somos tão lindos que as pessoas querem trepar com a gente e bater na nossa bunda. Uma Barbie tirou o chapéu do meu colega de banda e eu, por reflexo, arranquei a bolsa clutch de couro envernizado branco (brega) de debaixo do braço dela e a joguei do outro lado do salão. Ao fazer isso, o celular dela acabou caindo. Ela procurou o segurança e disse: "Aquele *cara negro* sem camisa e doidão roubou meu celular!". Ah, merda! Na mesma hora eu olhei para o outro lado e vejo uma garota negra clara liiiiinda dançando meio perto. Ela quer uma batalha falsa de vogue. Ela me enfeitiça. *Quem é essa negra linda?! Por que ela está vestida como Adam Ant?* (Incluindo oito tipos de xadrez e uma faixa turquesa néon estilo guaxinim pintada nos olhos – lembre-se de que a faixa pintada do Adam era branca, e não turquesa néon...) Espere um minuto! É A SOLANGE!!!!! A irmã mais nova da Beyoncé e a nova alma da América negra, nova diva indie. Vivaaaa! Eu a vi alguns meses antes em São Francisco com Estelle; ela fez um cover de "Lovefool", do Cardigans, e decidi que a seguiria com alegria até o inferno – se necessário. "OI, GAROTA!" (eu exclamo como se a conhecesse). Ela veio dançando e fizemos uma dança curta. Ela perguntou como eu estava e infelizmente os cogumelos estavam funcionando como elixir da verdade: "Vou ser expulso desta boate porque joguei a bolsa de uma branca do outro lado do salão". Ela me olhou como se eu fosse um negro chapado e sem camisa que tivesse acabado de dizer: "Vou ser expulso desta boate porque joguei a bolsa de uma branca do outro lado do salão". Um dos amigos dela foi salvá-la quando o policial grande e branco e o leão de chácara negro chegaram para me levar para fora junto com meu grupo. Um show de horrores. Barbie começa a gritar besteiras, a mana de cabelo black power cospe na cara da Barbie (amei que ela fez isso) e não fiquei muito encrencado, porque me lembro da polícia me tratando como se eu fosse gay demais pra se meterem comigo. ("Isso mesmo, seu guarda. Não sou gay. Só estou muito, muito CHAPADO.") Fora encontrar Solange, aquilo foi horrível. Mas isso também seria destruído. Eu estava contando a história para T'Kwa (uma garota africana furiosa) e ela falou: "Beyuuuunnncé? Solaaaaaaaange? Está ouvindo essa *porra francesa* nos nomes delas? Viado, elas são garotas crioulas de pele morena-clara do Texas, elas não nos representam; claro que ela olhou pra você com cara de maluca na boate, porra, ela deve ter ficado do lado da vaca loura! Olha como a Kelly tem que viver!". Reparei que eu e T'Kwa, os dois sem grana nenhuma, estávamos comendo cereal, tínhamos a pele preta quase roxa e estávamos usando roupas assimétricas coloridas. Nós parecíamos new-wavers nigerianos. Decidi não contar a T'Kwa que, sempre que eu me olhava no espelho, só via uma garota linda, magrela de pele negra clara. Decidi que era melhor não ser tão direto daquela vez. Eu não queria levar uma surra de uma garota negra politicamente condenada. Elas não costumam brincar, e decidi ir em frente e levar na bunda. (Na bunda sempre.) "Claro", falei para T'Kwa. "Claro." (Vi Solange na Parada do Orgulho

Gay de São Francisco dois anos depois e fiquei feliz com a Deusa quando a ouvi dizer: "Abri mão do meu lugar no prêmio da Black Entertainment Television pra ficar com o meu povo hoje". Retomei meu plano de segui-la até o inferno se necessário.)

2. Para resumir, estávamos rodando pelo Texas no que chamamos de "Carro de Palhaço das Bichas". Duas bandas. Uma, um grupo de rap todo de viados. A minha banda era mais new wave. Nós paramos em um Dairy Queen no Texas. As três garotas da van saem. Sem problemas. Os outros quatro viados brancos tatuados saem. Hummm, um pouco desafiador, mas razoavelmente normal. Aí, eu saio. Em toda a minha glória Wesley Snipeana, usando uma regatinha estampada verde-menta e um short de corrida que ficava logo abaixo das bolas. Ah, merda. Não vão ignorar isso. Os caipiras do estacionamento ficaram previsivelmente putos. Eles podiam ou não ter armas (a história muda dependendo de quem está contando). Nós saímos correndo de lá e, na parada de caminhão no posto de gasolina seguinte, um caminhoneiro com tesão que parecia gostar da minha roupa me levou pra uma cabine e gozou na minha boca quando pedi pra ele não fazer isso. Que se foda o Texas. Vida longa ao Texas.

FICÇÃO CIENTÍFICA/ FICÇÃO COMPETITIVA

Era uma noite de terça-feira e estava chovendo de novo. Eu estava preso na lanchonete. Tive que faltar à aula de escrita porque fui chamado pra trabalhar. Eu estava bem puto e, pra poder me sentir melhor, ignorei duas velhas que tinham entrado e foram grosseiras comigo. Elas estavam esperando havia vinte minutos e continuariam esperando, porque eu não queria saber delas. Eu desconfiava havia um tempo que meu chefe usava cocaína… ou alguma coisa. Ele chegou com bronzeado falso e usando só cores tropicais, carregando uma caixa enorme que dizia: "Popular Science Magazine"; o outro lado dizia: "Agosto

1989 – setembro 1993". "Aqui", disse ele, "encontrei isto na minha garagem e achei que você poderia gostar", e saiu rapidamente. Naturalmente, fiquei pensando: *Que porra foi essa?* Uma barata saiu da caixa e eu tive certeza de que aquela caixa nunca deveria ter sido levada pra um restaurante. Vigilância sanitária pra quê? Havia tão pouca coisa que fazia sentido naquele lugar que achei, por questão de coerência, que era melhor eu não questionar nada. A cereja do bolo era que seria um ótimo jeito de ignorar mais as vacas velhas e grosseiras. Abro nas propagandas no fim da edição de dezembro de 1991 e encontro uma competição de textos de ficção científica. Claro que me pareceu um desafio e meti a caneta no guardanapo da lanchonete (porque eu não tinha papel de caderno) e obtive resultados incríveis...

1. Feminilidade: Conheci Armani no último vagão do trem. Um filho da puta típico, grande, negro, a cara do ator pornô Mandingo. Aqueles genes não tinham vindo pra mim. Ele tinha o que mais tarde se provou ser (sei disso porque ele mediu na minha frente, por *algum* motivo) vinte e três centímetros de pau. Ai! Minhas entranhas! "Quer que eu pegue esses vinte e três centímetros de pau e te transforme em mulherzinha?", perguntou ele. Eu não tinha planejado, mas como já estava lá, ora, por que não? Eu o segui até o apartamento custeado pelo governo e deixei que ele me comesse de pernas abertas na bancada da cozinha. Ele estava me comendo por trás quando de repente cresceram espontaneamente em mim

um rabo de cavalo, peitinhos e unhas de acrílico de vinte e três centímetros. *Puta merda!* Armani gozou e disse: "Não use esse novo dom para o mal", e aí aquele ser enigmático sumiu em uma nuvem de fumaça. Quando ele me disse que ia meter os vinte e três centímetros de pau em mim e me transformar em mulher, ele estava falando sério. Ser mulher era irado. Na minha vida diária de bicha eu já tinha me vestido como uma lésbica bem elegante, mas, agora que eu era mulher, fui com tudo e me vesti como uma drag queen. Estou falando de mega hair até a bunda, extensão de cílios e uma boceta mais rosa do que a de uma branquela. Podemos falar da minha boceta? Sem depilar por puro desafio, ela piscava cada vez que eu abria as pernas. Mas é claro que o estresse da Mulher Moderna não tinha mudado desde o início dos tempos. Tipo, e se eu engravidasse? E, pior ainda, se engravidasse de uma pessoa pobre? Eca! Que nem a minha mãe! Sei lá. Desviei da bala da gravidez só fazendo anal. Isso até eu perceber que o sexo vaginal é uma porra de mina de ouro. Minha maior realização como mulher foi dominar o golpe do aborto (quando eu fingia ficar grávida, exigia dinheiro pra fazer um aborto e gastava tudo em sapatos). Um espertinho escroto exigiu um boquete quando fui buscar meu dinheiro do aborto falso. Eu ri na cara dele. Filho da puta idiota. Ele não sabia que eu não precisava chupar pau porque tenho boceta?

2. Jordy e os cientologistas: Jordy tinha se mudado pra Califórnia e se metido com um grupo de cientologistas.

Eca. Ele sempre reclamava de ser pobre. "Quero ser rico", Jordy dizia às vezes. A resposta deles sempre era: "Não diga quero ser rico, diga *vou* ser rico...". Eles falavam tanto que Jordy começou a acreditar naquela merda. Jordy decidiu ir às corridas de cavalos. Limpou a poupança modesta pra se forçar a ficar com a mentalidade certa: casaco de pele, perfume caro e dinheiro suficiente pra bebidas, pra ele ter coragem de chorar ou quebrar alguma coisa se perdesse. Ele foi pras corridas de cavalos e leu os nomes dos cavalos da esquerda para a direita no programa – PREVALECEREMOS – e uma lâmpada explodiu na cabeça dele. Ele ganhou um monte de dinheiro e mandou tudo ser entregue em cédulas de um dólar pra que ele pudesse rolar pelado no dinheiro. Ele ligou pra mãe no Meio-Oeste. "A galera com quem eu ando é meio bizarra, mãe... mas acho que sabe das coisas..."

DIÁRIO DA TURNÊ: SEATTLE

Eu estava em uma banda da qual participei, e a turnê parou em Seattle. Tempos loucos. Mais ou menos. Na última vez que tínhamos ido a Seattle, eu acabei indo pra casa com dois jogadores de rúgbi gays, e as coisas foram meio mais ou menos. Tão fraco. Eu queria acertar o placar dessa vez. Um garoto lindo se aproximou de mim depois do show. "Gostei da sua banda. Você é meu favorito", diz ele, e começamos a nos pegar. Por enquanto, tudo ótimo. Eu enfio a mão na calça dele e descubro que o garoto é meio peculiar. Sei lá. "Eu tenho xereca", diz ele. "Isso vai ser problema?" "Não", eu digo. Admito que nunca tinha feito sexo com um homem trans, mas me recusei a voltar atrás porque, ora. Eu já estava ali. Por que não? Não era a minha preferência, mas claro que vou experimentar. Gosto de garotos trans, e quem poderia resistir? Ficam ali o dia todo sentados injetando testosterona, com tesão e intensos como adolescentes. Tão fofos! Eu o levei para o jipe dele e comecei a comer a bunda dele e a trepar e ele ficava: "GOZANAMINHABUNDA--GOZANAMINHABUNDA-GOZANAMINHABUNDA--GOZA..." (etc.). Adolescentes de merda. Ficam vendo pornô de gente que trepa sem camisinha o dia todo, achando que pau é uma coisa que dispara porra quando eles querem. Ele não sabia que eu usava drogas e as coisas demoravam mais comigo? No fim das contas, aconteceu uma coisa irritante: nós dois nos esquecemos de desligar o celular e o pessoal da minha banda ficou me ligando e a namorada dele ficou ligando pra ele e foi um saco. Relatei a história toda pros meus companheiros de banda quando fomos ao Dick's Burger naquela noite e contei a história com censura livre. Eu poderia ter ido mais longe e ter falado em qual buraco eu meti, mas, sinceramente, eu estava bêbado demais pra lembrar.

VERDADEIRO AMOR

1. Eu queria ter um caso com outro escritor. O sr. Diaz tinha atacado novamente. Havia empolgação na minha caneta e no meu pau e eu não queria sufocar nenhum dos dois. Ele me pegou de surpresa uma noite em frente a um bar em São Francisco. Eu era jovem e queria que ele me comesse. Ele disse: "Li sua revista underground. Você tem fogo". Ele estava com um namorado dentro da boate, e eu (na ocasião) não tinha ideia de que ele também falava tudo na cara. Na minha audácia (infeliz) da juventude, pensei: *E daí se o cara tem namorado?*, e fiquei imaginando se ele tinha pau grande. Uns dois anos depois, em Nova York, o

sr. Diaz, uma das namoradas dele e eu andamos muito até um trem, descemos uma rua e entramos em um apartamento apertado, onde compartilhamos a cama. Nós não trepamos na frente da namorada dele. Mas, quando ela foi ao banheiro, ele me beijou atrás de uma porta no apartamento escuro, e percebi que ele estava sorrindo. Nós dois fomos escrever. Passei mais tempo no underground e o sr. Diaz entrou para o time dos profissionais. Quando voltei a ver o sr. Diaz, ele era um homem crescido e correto, com um negócio crescido e correto. Escrevi um conto de ficção sobre ter um caso com o sr. Diaz, bem explícito, com ele me comendo na escrivaninha do escritório dele na escola em que tinha acabado de ser efetivado. Eu não queria ser esposa dele. Queria ser a amante beatnik. Perguntei a ele com sinceridade: "Quando vamos ter um caso tórrido sobre o qual valha a pena escrever?" (eu falei sério). "Não é isso que estamos fazendo agora?!" (ele falou isso só pra me calar). Em determinado momento, eu estava escrevendo o que deveria ser o Grande Best-Seller Experimental Gay Americano. Era uma novela de vinte e seis páginas carregada de verdades (e algumas mentiras).

 Pedi a ele com nervosismo que o editasse e estou secretamente excitado pela ideia de ele me dizer o que fazer. "Assim...", diz ele, mas claro que ele nunca diria isso, ele provavelmente só me diria para seguir em frente. Acho que o sr. Diaz é nerd. Ele anda por aí com óculos caretas e uns cardigãs de quem quer dar. Um dia, ele me fez mordiscar o prepúcio não lavado e me deitou delicadamente de bruços, mas é claro que isso não aconteceu. Era ficção.

Eu nem sabia se ele tinha prepúcio e, se tivesse, devia ser do tipo que o mantinha limpo. Meu prepúcio fica sujo de trepar o tempo todo e no meu terceiro dia sem banho aquela merda fede como água de ferver camarão de três dias antes. Essa é uma diferença entre mim e o sr. Diaz. Ao perceber meu erro, editei a passagem no conto para que ficasse assim: "Um dia, ele me fez mordiscar o prepúcio que podia ter ou não. Tinha gosto de sabonete Irish Spring". É fácil inserir o sr. Diaz nas histórias porque ele é um mistério. Eu penso nele com frequência. Na ficção, meu desejo motiva os objetivos, afirmações e ações dele, e desconfio que, se essa dinâmica de alguma forma deixasse magicamente a página e entrasse na minha vida real, poderia acabar me destruindo, mas eu gostava da ideia. Quero que minha cabeça dê um nó. Eu escrevi tanto sobre o sr. Diaz que me perguntei se as orelhas dele estavam queimando. E me perguntei se o sr. Diaz ainda pensava em mim com frequência. E me perguntei se ele escrevia sobre mim.

2. Eu era a porra de um nerd e estava comendo um outro nerd, viciado em quadrinhos. Nós tínhamos um fetiche por gibis vintage dos X-Men dos anos 1980 (quando a Tempestade tinha cabelo moicano). Perguntei com sinceridade se ele se vestiria como meu líder de equipe favorito dos X-Men e me comeria. Não me lembro de ele dizendo sim, mas, depois de uns dias, quando passamos uma noite de terça enchendo a cara e tomando ácido, eu apareci na porta da casa dele às cinco da madrugada e ele

abriu vestido como Ciclope dos X-Men. Nós trepamos. Eu queria que ele fosse meu namorado, mas achei que pela primeira vez na vida devia deixar as coisas como estavam.

3. Eu tinha uma colega de apartamento que era a garota punk que o tempo tinha esquecido. Punk demais pra ser de verdade. Tinha um sotaque de surfista parecido com o do Spicoli do filme *Picardias estudantis*. Ouvi uma batida estranha na porta e a vozinha de surfista dela: "Hum, então, e aí, cara, hã, perdi minha cobra e, hã, se você encontrar ela por aí, pode pegar pra mim, e também perdi meu escorpião, você pode pegar ele também? Até mais, mano! Te vejo no buraco!!!!!". *Você está de sacanagem? Escorpião?!?!?!?!* Pensei no absurdo de morrer em um armazém poeirento de Oakland de picada de escorpião, mas então parei pra pensar. Minhas outras opções eram morrer de velhice, de complicações do HIV ou de tédio. A picada de escorpião me tornaria uma lenda. VAI TRABALHAR, PIRANHA. Passei a amar minha colega de apartamento dali em diante.

4. Só amo garotos que são traficantes, e ele seguiu a tradição. Ele plantava erva e nós trepávamos no quarto branco impecável onde ficavam as plantas. Ele jogou um monte de porra na minha bunda e ao nosso redor os bebês dele estavam amadurecendo, virando deliciosas folhas verdejantes de, bom, maconha. Saí da casa dele (com três gramas e meio de maconha de graça) para o sol da tarde da Califórnia, todo vaidoso, gritando: "VIVA EU".

EMPREENDEDORISMO OU A RECEITA DE LIMONADA

Acabei pegando sífilis em estágio um – *de novo*. Tão irritante, quem é que pega sífilis? Me senti uma prostituta de Londres do final dos anos 1800 ou talvez um imperador romano. Fui tomar aquela injeção com uma merda dentro que parece ter a consistência de cream cheese. E, sim, eu também estava com clamídia e gonorreia. Odeio os comprimidos de gonorreia e a caganeira que vem depois. Perguntaram se eu queria um "kit do parceiro", pra eu levar uns comprimidos pro meu "parceiro", que certamente estaria contaminado, e eu disse que sim porque não queria parecer que não tinha ninguém. Foi quando tive a ideia de começar a dizer sim para o kit do parceiro todas as vezes e vender os comprimidos de gonorreia por cinco dólares cada pra todos os irresponsáveis que trepavam sem camisinha na sauna. (Eu conhecia todos – que surpresa.) No fim do mês, tinha conseguido vinte dólares, e é assim, meu caro, que se transforma limões em limonada.

EXERCÍCIOS DE ESCRITA*

(* Era um exercício de escrita para fazer em casa... "Escreva um poema sobre sexo. JÁ!" Hummm, tudo bem!)

CANÇÃO PARA GAROTOS COMO EU

Todos os garotos se apaixonam por mim
Porque o que ofereço é de graça, simples assim
Sem complicação
Expectativas
Deixo você se aproveitar da minha beleza

Nos fundos de estação
e em outros lugares escuros e discretos
"Ah, é?", diz ele. Isso aí, porra...
Filho, sinto pena de você.
Você sofre com namorados falsos que o diminuem
Ele deixou os outros caras gozarem pela porta
(O espaço atrás do coração)
Onde todos os caras da cidade já deixaram bagunça
Cagando
Comendo
Nunca satisfeito
Enchendo o prato com mais
Eu saí do encantamento
Da fila do bufê
E o feitiço se quebrou
E olhei pro meu próprio prato
Cheio de comida empilhada
E pensei:
Espera, não estou com tanta fome
e também:
*Graças a deus tenho um bufê agora. Lembro quando eu
    passava fome.*
O escritor no parque
Me entendeu direitinho
Você devia tentar ser a garota bonita no encontro
Eu tento reunir a energia
Para me importar
Fracasso
E penso,

Há cem amantes atrás de mim
E atrás deles mais cem para cada
Estamos todos tomando comprimidos azuis agora
Só porque
Nós todos abrimos caminho
Para alguém
(Alguns
Para qualquer um)
Barato.
Já lidei com Magia Negra e difamação
De homens que achavam que me amavam
E só cumpriram metade da reputação
O cliente confuso falou:
"Sou bom em redimir prostitutas. Você precisa de
 salvação?"
Eca. Não.

BRUXARIA PROFUNDA: CASA DE PROMETEU

Eu era membro da Casa de Prometeu e posso explicar o que isso significa. Eu estava tendo aulas normais na faculdade. De teatro. Andava com uma galera peculiar. Era parecido com uma organização de fraternidade, mas muito secreto. Eles diziam que se chamavam Casa de Dioniso, por causa do deus grego do teatro. Eram parte de um sistema de Casas no campus que se dedicava à afiliação como antigo Panteão Olímpico. Quatro vezes por ano, todas as casas se reuniam. Era meio previsível. A Casa de Hades era cheia de tipos mafiosos de sobretudo fãs de Dungeons and Dragons, claro. Havia a Casa de Atena e a de Diana (ou seja, sapatões) e a Casa de Zeus (babacas com futuros brilhantes). Nós éramos a Casa de Dioniso. Nós nos encontrávamos, fazíamos rituais, enchíamos a cara e fazíamos orgias. As orgias se tornaram incômodas. (Uma pessoa ficou grávida!) Naquela época, eu e outro membro decidimos sair dela porque a gravidez nos chateou. Nós podíamos começar a usar esteroides e entrar para a Casa de Adônis, mas pareceu compromisso demais. Pensamos em uma Casa diferente. Uma que pudéssemos criar. Nós lemos, na aula de literatura grega, a história *Prometeu acorrentado*, com a lenda do titã caído Prometeu, que ficou amigo dos homens: roubou fogo de Zeus, entregou para a raça experimental conhecida como homem, e isso levou ao nascimento do conhecimento. Nós juramos desprezo pela Casa de Zeus (isso acabou acontecendo em forma de pegadinhas estilo *Clube dos cafajestes* nos filhos da puta arrogantes). O Conselho Principal se recusou a nos reconhecer como Casa. A natureza do nosso pai caído tornava blasfema a adoração aberta a ele, o que achávamos que tornava nossa Casa ainda melhor. Nós tivemos que seguir nos encontrando em segredo. Éramos artistas trabalhando em muitos meios ao mesmo tempo, mas com um objetivo e um estilo unificado – nosso trabalho costumava ser citado como "bruto", "sem polimento", "inexorável" e "inabalável". Nossa cor era vermelho (de fogo) e no altar do grupo havia uma pedra e um par de algemas quebradas.

MAIS DIÁRIO DA SAUNA

Eu tinha voltado aos velhos hábitos com truques novos (por assim dizer). Vagava pela sauna havia anos e estava meio deprimido por isso, achando que deveria tentar conhecer caras em museus ou supermercados. Meu amigo, que tinha sessenta anos, não quis saber das minhas lamúrias. "Um dia você vai ser um homem velho e não vai funcionar mais, você vai querer ter uma biblioteca ampla de lembranças para quando essa hora chegar... Todo velho deseja ter feito mais sexo do que fez", disse ele. Com esse conselho, senti como se alguém tivesse carimbado meu passaporte para o paraíso de novo. Era uma ciência pra mim. Eu só ia de segunda a quinta, das três da tarde às dez da noite. Assim, podia pegar os grupos que iam depois do trabalho e depois do jantar, como os cavalheiros honestos que eles eram. (Nos fins de semana e em qualquer horário mais tarde vinham usuários de anfetamina demais pro meu gosto.) Ainda havia muitas armadilhas aqui. Eu tinha quase trinta anos agora e encontrava na sauna os mesmos homens com quem fazia sexo lá (e só lá) desde meus vinte e poucos anos. Havia homens com quem eu fazia sexo casual lá por mais tempo do que a duração de todos os meus relacionamentos (ou como quer que pudessem ser chamados) somados. Em raras ocasiões, eu via esses homens em público, e ficava chocado ou horrorizado de ver o que eles vestiam. Sério. Às vezes eu pensava: *Eca, eu trepei com um cara que usa sandália e short cargo em público*, sendo que o mesmo cara, quando me via, devia pensar: *Eca, eu trepei com um cara que usa microshort jeans.* Tanto faz. Comecei a respeitar o fato de que, no interior de uma sauna, usar só uma toalha tornava todo mundo igual (desse jeito, claro). Claro que havia problemas. Às vezes, você trepava com três caras lindos, um atrás do outro. Essa era uma boa tarde. Mas às vezes era como se todos os caras solitários e horrorosos estivessem lá ao mesmo tempo. Como se você pegasse todos os caras que estivessem fazendo compras na Target num dia qualquer, os botasse de toalhas e os largasse naquele labirinto do sexo. Mas havia também os dias de sorte grande.

Terça-feira, sete da noite. Você chegou lá às três da tarde e desde então trepou com seis nacionalidades, seis tamanhos de pau e seis tipos de corpo, e até tirou um cochilo de uma hora com o cara que só queria carinho. Que Deus abençoe a América. Conveniência ou morte. Tem também os regulares. Andre. Vinte e três anos. Filipino. Você e ele estudam na mesma faculdade. Ele é soropositivo desde o ano anterior e você vive implorando pra ele começar a usar os medicamentos e cuidar das verrugas no pau. Você para de fazer sexo com ele porque acha que está aumentando o problema. Tem o Mike. Quarenta e três anos. Brasileiro. Apesar de um pouco mais alto e um pouco mais claro, ele ainda é muito parecido com um primo seu. Você e ele têm tipos de corpo parecidos. Que Deus abençoe a África. Ele vem todos os dias depois do trabalho porque o marido com quem é casado há uns doze anos não trepa com ele. "Por que você fica com ele, então?", eu pergunto. "Porque eu o amo", diz ele. Você fica perplexo. Quem não comeria o Mike todos os dias? Ele é uma delícia! Você faz sexo com ele há anos. Ele sempre tem porra de outro cara na bunda quando você trepa com ele. É encantador, e, se você visse o Mike, não perguntaria por quê. Terry. Terry é seu negão Daddy da Sauna. Você transa com ele há sete anos. Transa com Terry há mais tempo do que todos os homens com quem namorou somados. Esse fato o deixa abalado um dia, quando você está dando a bunda pro Terry. Terry é um filho da puta grande e negro típico, com cara de Mandingo. Um metro e noventa. Cinquenta e poucos anos. Puro músculo. Ele é professor de canto e, apesar de ter corpo de jogador de futebol americano, tem a voz de uma tia de igreja. "Essa bocetinha está liiiiiiimpa?", ronrona ele. E, sim: sua bocetinha está limpa.

Tarde da terça-feira seguinte. Um ménage. Você viu os dois entrarem. Um era Jay. Porto-riquenho com chinês de trinta e dois anos. Ele se veste como dançarino de break. E tem Angel. Vinte e cinco anos. Mudou-se do México para cá cinco anos antes. Hipster total. Tem o braço direito fechado com contornos de estrelas. Sotaque carregado. Ele parece um querubim. Corpo sem pelos. Atarracado e musculoso. Tem um metro e sessenta e dois. Ele é quem você ama mais. Durante o ménage, ele beija o outro garoto e não beija você. Ele não usa camisinha com o outro garoto e usa com você. Você diz para ele mais tarde, no chuveiro, que aquilo magoou seus sentimentos e ele ri, mas você não está brincando. Tem uma lousa nos fundos, uma espécie de quadro de avisos. "Quarto 221 – Procurando pau negro grande" ou "Quarto 330 – ativo regular pra QUALQUER passivo asiático". Você para. Desde quando um ativo precisa procurar um passivo *aqui*? Estranho. Você pega o giz e escreve seu número de quarto e uma mensagem: "Quarto 125 – PROCURANDO RELACIONAMENTO DURADOURO" e morre de rir enquanto anda para o quarto até que, surpresinha: tem uma batida na porta. *Que porra é essa?*

A BALADA DO MISTER

Nós fizemos um exercício de escrita no Sexo Sem Proteção Anônimos: Quem foi o primeiro homem gay que você conheceu que morreu de aids? Eu tinha um homem em mente: o Mister.

O Mister também era a minha primeira lembrança de *qualquer* homem gay, sem mencionar gay e negro (isso junto com os personagens Hollywood, de *Manequim*, e Lamar Latrell, de *A vingança dos nerds*; que atualmente são ambos santos dos últimos dias pra mim, mas estou divagando). Então, o Mister, isto é o que me lembro do Mister... Ele era cunhado da minha tia. Tinha um Camaro.

Tinha um mullet cacheado. Houve anos na minha vida em que "esqueci" o Mister, mas eu normalmente lembrava que, na época que era garoto, quando me imaginava homem, eu sempre me via com um mullet cacheado. (*Ah-ha! Tudo faz sentido agora!*) Ele andava com uma bengala e tinha pavões. Eu era garotinho quando isso aconteceu, e achava que tinha imaginado as aves, mas quando liguei para a minha mãe e perguntei sobre o Mister, ela confirmou. "Ah, sim! Ele tinha pavões lindos!" Pavões! Que bicha louca!!! Tenho a sensação de que os anos 1980 foram palco para uma geração bem diferente de gays. *Pavões, cara*. Eu sou tão "moderno" (ou seja, emocionalmente descontrolado) que nem quero ter plantas. Meu pai tinha outras histórias sobre o Mister. Em algum momento, o Mister foi zelador na Historically Black University da região (a mesma em que meus pais se conheceram e a mesma na qual ririam de mim anos depois por eu ser punk demais e gay demais). Meu pai disse que via o Mister andando pelos vestiários do ginásio, e que o diretor o expulsou por causa disso. Ao perceber o buraco mais do que óbvio nessa história, falei: "Ora, pai, se ele estava lá 'o tempo todo', isso quer dizer que ele devia estar sempre ficando com alguém...", e meu pai falou: "Bom, não, filho, eu nunca pensei nisso dessa maneira...". Anos depois, quando meu pai vê o Mister de novo, puta que pariu: ele é pastor! (Ele vai fazer o casamento da vizinha da minha tia – e o noivo é irmão do Mister!) Tenho umas imagens breves do Mister na minha cabeça, mas nada muito duradouro. Mas só me lembro dele de óculos escuros e me lembro dele como sendo bonito. Alguns anos depois (no começo dos anos 1990), reparo que não vejo o Mister há anos. "Ei, mãe... o que aconteceu com o Mister?" "Ele era gay e morreu de aids." Uma frase. Mas, atualmente, quando pergunto sobre ele, meus pais querem falar por uma hora. Meu pai pede desculpas do jeito dele e muitas vezes fala do passado: "Bom, filho, a gente não sabia...".

NOVAS DANÇAS: TRABALHO DE SOLO

Eu não era só um garçom americano entediado no trabalho. Também era um coreógrafo experimental. ("O que você quer dizer com 'experimental'?", perguntou um colega de trabalho. "Quero dizer que posso fazer a porra que eu quiser", respondi.) Eu estava me divertindo muito com tudo aquilo. Estava fazendo uma aula com um doido lindo da Califórnia. Ele diz que vamos executar um "laboratório de movimento" e explica que também vamos explorar texturas. "Primeiro", diz ele, "andem pelo ambiente como se seu corpo fosse só feito de músculos, depois andem pelo ambiente como se fosse feito de esqueleto, depois como se fosse só de tendões. Além disso, inicie o movimento de um lugar onde você não costuma iniciar, seja sua cabeça, seu cotovelo, seu ombro ou seu quadril..." Com a ordem dele, uma sala com uns quarenta e cinco dançarinos começa a vagar parecendo os zumbis do clipe de "Thriller", do Michael Jackson. Há homens mais jovens na turma. Eles se movem como dançarinos. Mesmo nos exercícios de movimentos simples, eles fazem coreografias densas e se movem de forma bem lírica. (Eu costumo me mover de forma percussiva.) Eles se movem como se não precisassem pensar muito. E, caramba, os corpos! Jesus. Os corpos. Eles parecem que passaram a infância na Califórnia comendo comida orgânica e eram levados para aulas de natação pelos pais – seus pés têm arcos ousados. Eu pareço que passei a infância evitando todos os momentos das aulas de educação física – e tenho pés chatos. Isso é verdade. A firmeza deles me lembra da minha celulite. Um homem deveria ter tanta celulite? Eu até falo em uma frase num esforço de tornar mais real e não desassociar: "Eu tenho uma quantidade debilitante de celulite...".

Eu também não faço coreografias densas. Minha última apresentação em um palco (ou melhor, em "local específico") foi em um cinema improvisado. Uma pessoa da plateia se aproximou depois de assistir e disse: "Achei que era pra ser uma apresentação de dança, mas você só andou no meio das cadeiras do cinema e mergulhou no chão! Isso não é dançar!!!!!" (dito com um tom que só podia ser registrado como repugnância horrorizada).

"É uma declaração política...", falei com muita naturalidade, só pra ser chato, e deixei por isso mesmo. Mas não fico pensando nos outros garotos. Aula de dança não é questão de diferenças. É de aspectos em comum. Nós seguimos em frente. O que vem depois é uma sessão de contato improvisação. É muito incômodo. Fazemos uma coisa chamada "pareamento de bases", em que um fica de quatro e o outro se deita sobre ele com a barriga na lombar e faz um giro de trezentos e sessenta graus no corpo do outro. Eu e minha parceira nos olhamos com hesitação. Eu não queria a vagina da Srta. Ching na minha testa. Nós mal nos conhecíamos! Em pouco tempo a aula acaba e sou tomado da mesma sensação que sempre tenho no fim da dança. É um sentimento misto peculiar de funcionar à base de vapor e dançar apesar do fato de eu ter pés chatos.

DIÁRIO DE TURNÊ: DENVER

Uma banda da qual eu participava foi a Denver pela segunda (ou terceira?) vez e ninguém me disse que a cidade ficava um quilômetro e meio acima do nível do mar e que o ar era rarefeito. Fiquei exausto, apaguei no tapete áspero do porão do Longneck, Bottle Neck ou Empty Bottle, ou qualquer que fosse o nome da boate, me perguntando por que me sentia tão destruído. "Você está um quilômetro e meio acima do nível do mar. É por isso! Você estava tremendo muito lá. Porra, cara, você dança muito." Eu era um cara admirado. Bebia demais e me sacudia com a roupa branca apertada. Era divertido demais. Meu maior objetivo era acabar com aquela era do rock indie de "pessoas paradas de olhos arregalados" que eu achava que estava se prolongando por tempo demais. Vamos encher a cara e dançar e trepar. Vamos encher a cara e *qualquer coisa*. Qualquer coisa que não seja ficar parado, combinado? Passamos a noite em uma casinha de ocupação. A bicha com quem estamos hospedados é tudo. É um boyzinho latino de óculos. Fico meio apaixonado. Ele deve ter o segundo maior pau que já vi em turnê. Eu sento nele. A sensação é boa. Claro que estou bêbado demais e depois que trepamos acabo pisando em uma garrafa de cerveja quebrada e saio da casa só de cueca pra sangrar. Meus colegas de banda estão lá fora fumando e vou pra calçada andar em círculos e falar sozinho (meu passatempo favorito). Meus colegas de banda costumam comentar sobre esse passatempo. Eles costumam dizer: "Cara, que porra é essa?". (Fico irritado com a facilidade desses viados de ficarem chocados. Como podem ser tão ajustados? Eles usam algum remédio?) Eles parecem genuinamente perturbados e acho que nem sempre posso botar a culpa neles. Sou um peso e tanto às vezes. Costumo ficar bêbado, pelado, chorando, apagado, desorientado, confuso, andando nas ruas de cidades estranhas só de cueca puxando conversa com moradores de rua, andando com a mão enfiada dentro da calça dos roadies, chupando pau na van da turnê (depois de me pedirem pra não fazer isso), essas coisas. Estar em uma banda é como estar em um relacionamento com um monte de gente ao mesmo tempo. É um tipo específico de inferno, mesmo. Somos um grupo diverso, mas é claro que diversidade é baboseira. Nós gostamos de diversidade só enquanto as pessoas agem próximo do que estamos acostumados. Assim que as coisas fogem disso, dedos são apontados e muros começam a subir. Sinceramente, me sinto patologizado pelos meus colegas de banda às vezes. Em retrospecto, devo dizer que é muito difícil discernir como é uma reação verdadeiramente racional ou irracional quando se está sob uma quantidade verdadeiramente *absurda* de estímulos. Eu me lembro de quando as conversas ficaram repetitivas e roteirizadas:

> Acusador: Você estava BÊBADO!
> Eu: Você também...
> Acusador: É? Bom, você estava MAIS!
> Eu: SAI DO MEU PÉ, BICHA, EU FUI MOLESTADO! (hora do choro incontrolável)

Acontece tanto que chega a ser chato. Eu nunca deixo meu ego ser maltratado por conversas disciplinares porque, junto com minha imaturidade confessa ao encarar meus problemas, eu vi cada um desses caras fazer o que (ao menos para mim) poderia ser interpretado como umas merdas bem cruéis. Basta passar tempo suficiente perto de alguém e é quase certo que você vai ver a pessoa fazer umas merdas bem cruéis, na verdade. Se não acontecer, só quer dizer que a pessoa esconde bem e que é uma filha da puta, com quem você precisa tomar muito cuidado. De qualquer modo, eu acabava com medo de perguntar por que eu era o mais censurado da banda. Há teorias, claro...

Além do mais, bandas não devem se prender a diferenças, mas sim a aspectos em comum. Quando nos apresentávamos, era hora do show. Eu me lembro de gostar disso. Mas o tempo passa. A pessoa fica menos (ou mais) irritada ou feliz com isso ou aquilo. Há outros sons que ouve na cabeça agora.

Então veio a percepção de que aquilo tudo não dava mais pra mim. Eu não queria que as pessoas me vissem tão exposto no palco e que depois viessem gritar ordens pra mim em uma merda de lanchonete qualquer. Porra nenhuma. Apesar de todas as merdas, eu estava feliz porque pude me divertir, sendo a diversão às vezes tão rara na vida. Mas foi naquela noite específica em Denver, com a destruição do meu eu farrista e com meu pé ensanguentado, que fiz uma promessa definitiva (enquanto meus colegas de banda achavam que eu estava só falando sozinho): "Eu não sou maluco", falei, "vou escrever meu livro".

TRIO EM GÓTICO SULISTA

Faltei ao trabalho na lanchonete naquele dia, mas não à aula de escrita. O tema da aula era "Os escritores góticos sulistas". O folheto explicava o que constituía o gênero de escrita gótico sulista:

> Gótico sulista é um subgênero da ficção gótica específico da literatura norte-americana e que acontece exclusivamente no sul dos Estados Unidos. Assemelha-se ao gênero que o abriga no fato de que faz uso do sobrenatural, da ironia ou de eventos incomuns para guiar o enredo. Difere do

gênero que o abriga no fato de que faz uso dessas ferramentas não somente por causa do suspense, mas para explorar questões sociais e revelar a personalidade cultural do sul dos Estados Unidos. O estilo gótico sulista faz uso de eventos macabros e irônicos para examinar os valores da região citada. É comum apresentar tensão racial e violência com armas.

Interpretei isso como "histórias bizarras sobre uma infância passada no Sul Profundo" e, ah, viado, eu tinha um milhão de histórias assim. Com aquela introdução ao tema, decidi abrir um cu novo nesse gênero e acabei escrevendo "Trio em gótico sulista"...

1. A formatura: eu estava longe do Alabama havia tanto tempo que minha família tinha começado a me chamar de "Garoto da Califórnia". Estava longe havia tanto tempo que tinha esquecido coisas. Eu não comia mais bagre frito todos os domingos e esqueci o calor, ou melhor, esqueci que o problema não era o calor, mas a umidade. Mas, meu deus... Como se pode esquecer uma coisa dessas? Eu também me arrependia de coisas tipo nunca ter usado ácido quando adolescente. Eu me sentei na varanda da minha mãe na noite em que cheguei e fiquei vendo os vagalumes e pensando: "Isso seria *tão* mais legal se eu estivesse numa viagem de ácido". Havia o fedor do veneno que os aviões borrifavam nos campos de algodão em volta da minha casa. Desfolhante. Era usado para fazer as

folhas caírem mais rápido dos algodoeiros, mas às vezes parecia que estavam borrifando aquilo secretamente pra nos matar. O homem que morava do outro lado da rua e era da idade da minha mãe e tinha sido fazendeiro e mexido muito com a substância morreu porque uma quantidade muito grande entrou na corrente sanguínea dele. Eu tinha ido pra casa pra formatura. Minha irmã mais nova e todos os adolescentes da idade dela que tinham crescido no "campo" – uns vinte e poucos adolescentes – finalmente subiriam ao palco. Eu seria testemunha. Fiz uma caminhada no meio do dia porque no interior a única coisa que se tem para fazer é andar, andar, andar, dizer oi pra um primo ou primo de consideração (no sentido de que vocês cresceram muito próximos e ele também era negro, então vocês são basicamente "primos") e andar mais um pouco. Olhei ao redor e o algodão não era mais rei. Tinham plantado por tempo demais e a planta sugara todo o nitrogênio do solo. A soja (como me explicaram) levava o nitrogênio de volta, então agora estavam plantando soja. Subindo a rua, três casas e um campo de plantação depois, foi onde eu fui atacado. Eu olhei para a casa...

Quando eu tinha doze anos, duas primas (uma de onze e outra de treze anos) me convidaram pra ir até lá. Elas me botaram no chão totalmente vestido, uma se deitou na minha pélvis e a outra se sentou na minha cara e as duas se esfregaram em mim furiosamente por trinta minutos. Eu me lembro de sentir o cheiro da boceta da mais nova pela calça e desejar estar em outro lugar e, não,

não por eu ser uma bicha que odeia boceta, mas porque, *porra*, sem preliminar?!?!?! A gente não podia ter dado uns beijos de língua primeiro? Aquelas duas filhas da puta eram umas brutas. Em outra ocasião, fui patinando até a casa das duas primas e quatro garotas do bairro me derrubaram dos patins, me seguraram, tiraram minha roupa e começaram a rir do meu pênis.

Anos depois, quando contei pra minha mãe, ela concluiu que, certamente, esse era o motivo de eu ser gay. "Calma aí, queridinha", falei. Como homem gay em contato com as próprias emoções e com elas sob controle (pelo menos vinte por cento do tempo), eu sabia que a minha viadagem era épica pra caralho. Parecia muita coisa pra ser culpa de uma pessoa só. Eu fiquei na minha. Fui ao almoço comunitário de peixe frito que estava sendo organizado em prol dos formandos e uma das primas estava lá. Ela tinha visto na internet uma foto minha dançando nu em um palco de Paris e disse: "Porra, você se mudou pra Califórnia e virou a casaca, né?". Precisei me controlar muito pra não dar um tapa na cara dela e dizer: "Sua vaca, foi você quem começou...".

2. Bebida caseira é uma droga e tanto
    a. Eu amo álcool mais do que qualquer outra droga. É a única delas que me chama e eu sempre volto... rastejando. Isso leva a complicações às vezes. Quando criança, meu avô era bêbado e valentão. Ele mijava na sala às vezes e xingava a Patrulha Rodoviária. Eu me lembro de cortar madeira com

ele e quatro dos meus primos e dois dos meus tios num dia de inverno. Estamos botando a madeira na picape e o vovô (bêbado como um gambá) diz: "Ele [eu] usa o casaco *como uma bichinha!*". Eu devia ter no máximo seis anos e fico lá parado ouvindo aquilo e as palavras dele são um soco no estômago e não consigo respirar. Meu tio me defende: "Pelo menos ele está ajudando, pai". Eu o odiei durante anos depois disso... até crescer e estar pronto pra admitir que aquele puto bêbado até que tinha uma boa percepção. Eu cresci e virei uma bicha louca. Tão louca! Ele estava certo sobre o álcool também. Eu saí de casa um adolescente sóbrio e careta e em um ano estava bebendo todas as noites e trepando com tudo que quisesse trepar comigo.

Voltei no Natal pra participar da festa da família. No ano anterior a festa foi interrompida abruptamente quando dois primos meus tentaram atirar no namorado da minha irmã pra matar. Mas isso ficou pra trás e desta vez o amor estava no ar. Meu tio apareceu com uma jarra de leite cheia de destilado caseiro. Bourbon, caramba. Meu pai fazia e me contou uma história mórbida uma vez. Dizem que os homens do campo destilavam a bebida em radiadores velhos de carro, e um químico não tinha limpado todo o anticongelante de um, o que acabou matando dez colegas dele. Eu nunca tinha experimentado, e a ideia de morrer instantaneamente me empolgou. Eu fui virando. Sete doses depois, percebi o erro que cometi. A última coisa de que me lembro foi de dançar "Cupid Shuffle" com meus primos pelo que pareceram duas horas. Apagão.

Minha mãe (e a namorada grávida do meu primo) tentam me levar à Waffle House para eu poder comer e ficar sóbrio, mas ainda estou agindo como um idiota e chamam a polícia por nossa causa. Corremos pro carro da namorada do meu primo pra fugir, mas a polícia nos pega na saída da rodovia. A namorada do meu primo está se cagando de medo porque tem uma arma sem registro no porta-luvas. Eu não me lembro de nada disso, mas minha mãe diz que quando o policial bateu na janela eu virei um perfeito cavalheiro. Depois que nos deixam ir embora, acabo contando minha vida sexual inteira pra minha mãe (tipo as coisas da sauna e o sexo com meu parceiro HIV-positivo quarenta anos mais velho). No dia seguinte, quando estou de ressaca e sofrendo de intoxicação alcoólica, ela pergunta (com muita tranquilidade): "Amor, por que você acha que as pessoas não usam camisinha? Hormônios?". Dei de ombros e agradeci a deus por ser negro. Senão ela teria reparado que fiquei vermelho.

b. Descobri que muita gente achava que meu padrasto me molestava quando eu era criança. Acho que a regra é: se você é um garoto efeminado demais, claro que tem alguém se aproveitando de você. Ele era fuzileiro e já tinha visto uma boa parte do mundo antes dos trinta anos. A experiência de mundo dele o fez parecer um forasteiro na comunidade rural onde passei a infância. Mais tarde, senti pena do meu padrasto fuzileiro macho; ele só sabia que eu era efeminado, que lia muitos livros e que o deixava pouco à vontade. Na maior parte do tempo, me evitava. O que ele não sabia (e nem a maioria das pessoas) era que o amigo do meu tio me molestava.

Meu avô era fazendeiro. Plantava tomate, abobrinha, milho, calêndula e maconha. Atrás da casa dos meus avós ficava uma espécie de campo-jardim que ele dividia com seu irmão e a família dele, que moravam do outro lado, com um caminhozinho de terra unindo as duas propriedades. O garoto que me molestava (nove ou dez anos mais velho do que eu – ele tinha quinze) passava por mim quando eu estava sozinho nesse caminho (ou às vezes quando eu passava por ele na rua principal de cascalho) e puxava o pau duro pra fora e balançava pra mim. Eu tinha primos mais velhos cheios de tesão e já tinha sido exposto a pornografia, por isso sabia o que devia fazer. Lembro de quando era garotinho e chupar o pau dele e pensar: *Todos os paus são grandes assim?* Passei dois anos chupando o pau dele nas laterais das casas, perto do poço e do outro lado da picape Chevrolet

1957 do meu avô. Um dia, falei pra ele que não queria mais chupar o pau grande e fedido dele, e ele falou que, se eu não chupasse, ele ia dizer pra todo mundo que eu era gay. As pessoas já estavam me chamando de bicha e eu sabia que isso seria a gota d'água. E com essa ameaça vazia e retardada, continuei sendo servo dele. Eventualmente ele começou a fazer sexo com mulheres mais velhas do bairro e me deixou em paz. Eu me esqueci disso na adolescência. Até dancei no casamento dele com a mulher que tinha fama de ser amante do meu avô.

Eu tinha vinte e poucos anos e estava chupando pau no pátio dos fundos do Eagle em São Francisco. Lembro que o pau bateu nas minhas amídalas e o cara fez carinho na minha orelha quando perguntou: "Como você ficou tão bom nisso?". E me dei conta: *Puta merda, estou chupando pau há uns vinte anos*. Muito abalado, eu engoli.

Era outro Natal no Alabama com a família e comecei a tomar o bourbon caseiro do meu avô. Passamos pela casa velha onde o garoto que me molestava morava, e eu, bêbado como um gambá, saí do carro, joguei pedras na casa dele e me agachei no chão, chorando. Voltamos pra casa da minha avó pra jantar e o cara que me molestou aparece com meu tio. Ainda estou emotivo e destruído. Tomei mais uma dose de bebida e decidi perdoá-lo.

3. A viagem de caça: Tudo começou com um exercício na aula de escrita (sempre começa com um exercício na aula de escrita). Peguei um pedaço de papel de dentro do chapéu junto com as outras pessoas da turma, com instruções que diziam: "Escreva sobre seu pai". Na mesma hora pensei: *Como isso pode ser uma porra de exercício de dez minutos?* E comecei a escrever.

Meu pai em pouquíssimas palavras: Ele foi criado em um lugar a quarenta e cinco minutos de Selma, nos anos 1960 e começo dos 1970. Treze filhos, e ele era o mais novo dos dois únicos garotos do clã. Selma era um fervo de atividade política, e a pequena comunidade rural dele, Lamison, acabou sendo afetada por isso. As irmãs mais velhas dele tomavam pílula anticoncepcional e faziam viagens de carro para a Costa Oeste. O irmão mais velho tocava em bandas em Selma, e uma das irmãs foi estudar no Líbano (ela veio embora quando as bombas começaram a ser jogadas). Ele ficava bêbado (ou "só alegre, filho", como dizia) e nós passeávamos de carro pelas estradas menores. Ouvíamos "All Along the Watchtower" dez vezes seguidas e ele também amava Fleetwood Mac. Como ele explicou, rádio de músicas R&B era um fenômeno urbano e só chegou ao interior do Alabama no fim dos anos 1970. Normalmente, a geração mais velha de negros (da idade do meu avô ou mais) ouvia música country. Fleetwood Mac foi a primeira coisa que tocaram na rádio country com um toque de swing, e ele botava "Dreams" e explicava que a música era o que ele sentia pela minha mãe.

Ele era caçador. Matou uma cascavel uma vez pra comer a carne e deixou a carcaça no chão do banheiro, a cabeça esmagada, os nervos ainda agindo (eu não sabia que as cobras ainda se contorciam por horas apesar de estarem mortas). Eu ainda ouvia o chocalho. Eu estava cagando e tive certeza de que meu pai era um espírito que tinha ido me buscar. Em outras ocasiões, eu passava por cima de cervos mortos deixados na sala pra que os cachorros lá fora não pegassem a carne primeiro. Mais tarde na vida, eu passaria a respeitar um homem capaz de matar um cervo e viver dele ao longo do inverno, mas como adolescente gay que não comia carne vermelha, eu via meu pai como um selvagem. Por que nós não podíamos simplesmente ir na merda do supermercado? Lembro que ele me levou pro meio da floresta um dia, pegou uma arma e disse que eu só poderia ir embora depois que desmontasse a arma, montasse de novo e disparasse da forma que ele tinha me mostrado cem vezes. Eu odiava armas. Comecei a fazer o que ele mandou, mas acabei ficando paralisado, comecei a chorar e me recusei, no papel genérico típico de "filho se impõe ao pai na floresta". Meu pai falou: "O que você vai fazer quando um caipira branco invadir sua casa e estuprar sua esposa? Vai chorar também?!". O homossexual latente em mim parou para pensar: *Como assim, minha esposa?!!?!*

OS IRMÃOS DO OUTRO QUARTEIRÃO

1. Começamos a trepar porque morávamos perto e também porque homens com poder são sempre afrodisíacos pra rapazes jovens. Pai mexicano. Racista pra cacete e conservador até o inferno. "Você não me vê dirigindo por aí usando terços e com a Virgem Guadalupe pintada no meu carro! Já vocês *negros...*" Eu só conseguia pensar que queria trepar com um cara que usasse terço e tivesse a Virgem Guadalupe pintada no carro. Caramba. Como caras assim nunca davam em cima de mim? E eu só arrumo isso, um filho da puta estilo Archie Bunker só que moreno (de pau gordo)? Droga. Pois é. Era trocar seis por meia dúzia? Nós

trepamos em apartamentos diferentes em West Oakland, que ele estava reformando e deixando mais caros, caros demais pra famílias pobres e artistas. Uma certa maldade. A diferença evidente de ponto de vista acabava transparecendo em conversas pós-sexo dinâmicas, polarizadas em preto e branco, sobre política. Ele dizia merdas como: "As pessoas precisam trabalhar mais. Não acredito que queiram viver de cupons de comida do governo!". E eu dizia: "Nós damos ao sistema a vida toda e esses filhos da puta não podem nem dar um pouco de arroz e feijão. Que se foda isso. Que escroto". (Minha sensibilidade talvez fosse porque na época eu vivia de cupons de comida do governo.) Tenha em mente que tivemos essa discussão com o pau dele ainda dentro de mim. Ele saiu de cima de mim. "Eu era garoto de programa quando tinha a sua idade e ganhei o suficiente pra comer e comprar minha primeira propriedade. Você tem pau. Use-o." Ele sempre dizia coisas problemáticas e complicadas assim. Essa é a parte dele da qual não sinto falta. Mas havia outras coisas. Nós estávamos passeando de carro em Orinda, perto de Hills, e eu disse pra ele que queria morar lá. "Não, *mi hijo*." (Eu sempre ria quando ele me chamava assim porque o som era doce e a sensação era suja.) Ele continuou: "Essas pessoas daqui, elas estão distantes de fôlego e movimento. Você é artista e ainda tem fogo. Deveria ficar no coração da cidade e criar". Segui o conselho dele porque não tinha escolha, na verdade, considerando que não tinha dinheiro para me mudar para Hills. Continuei saindo com ele, até porque não conseguia nem pensar na possibilidade de um cara com quem eu trepava não me irritar de alguma forma. Por que torturá-lo por isso? Ele disse que se casaria comigo um dia, mas eu não esperaria sentado. Eu sabia que ele nunca iria abandonar o marido, e nem precisava que fizesse isso.

2. Nós começamos a trepar porque ele morava perto. Ele era iemenita e tinha uma loja no meu bairro. Parecia que todos os donos de loja no Lower Bottoms District de West Oakland eram do Iêmen. Eu chupei o pau desse dono de loja iemenita em uma van que ele estacionou em um campo de beisebol em West Oakland alguns anos atrás e, sem querer fazer perfil étnico, eu já sabia que eles eram uns filhos da puta cheios de tesão. Eu frequentava a loja dele havia três anos e de repente o cara começou a dar em cima de mim. Passa o dedo na palma da minha mão de leve sempre que me dá troco, e eu acabo dando meu número pra ele. Ele me liga às seis da manhã e o encontro na casa do avô dele e trepamos. O quarto dele é cheio de pôsteres religiosos escritos em outra língua. Depois que trepamos, as coisas sossegam, mas todos os primos dele na loja começam a dar em cima de mim...

3. (Ele era um irmão do quarteirão.) A noite começou com um show de metal na minha casa. Eu gosto de metal e de sentir meu "mano interior". Meu namorado da mesma rua vem, ele tem vinte e um anos e é da China. É comunista furioso. Ele grita comigo sobre o *Manifesto comunista* às vezes, e deixo que ele fale o que quiser para

mim porque ele é a coisa mais linda que já vi. "Se deita, amor, vou ver as bandas." Ele se deita e saio do quarto usando só um short de ginástica, parecendo ter sido molestado por Henry Rollins na época do Black Flag. (*Quem me dera!*) Uma banda de "metal arte" de Portland (claro) estava tocando a mesma nota havia uns dez minutos. Vou ao banheiro e um cara negro de dreadlocks (que eu tinha visto mais cedo naquele dia ali na rua) entra atrás de mim, fecha a porta e se encosta nela. Estou encurralado. Não são muitos negros que vão a shows de metal, e eu tinha reparado nele: dreadlocks até o meio das costas. Escuro pra caralho. Tipo madrugada. Quase roxo? *Por que você veio aqui vestido assim?* Achei que ele ia me bater, mas acabou me dando só uma surra de pau. Ele puxa um pau *enorme*, esfrega um pouco de saliva e me come de quatro no chão do banheiro com cheiro de mijo, o short de ginástica abaixado até as coxas, as mãos na frente da secadora de roupas. Não trocamos números de telefone e volto para o meu namorado, que está dormindo no meu quarto. Achei que seria grosseria pular na cama com cheiro de mijo e porra de outro cara na bunda, então fiz a coisa mais moralmente correta e tomei um banho antes de me aconchegar com ele.

TRÊS FLORES

1. O único jeito de explicar é que esse sr. Flores específico e eu nos amávamos; só não gostávamos muito um do outro. Eu queria que ele fugisse comigo, mas havia a esposa dele. A sra. Flores e eu sempre nos olhávamos como se soubéssemos uma coisa que o outro não sabia. O sr. Flores e eu éramos parceiros de arte. Nós fomos a Los Angeles uma vez, e a sra. Flores foi nos encontrar. Nós nos sentamos para tomar um chá quando, do nada, a sra. Flores começa a falar do artigo mais recente que ela leu em uma revista feminina. "O artigo falava sobre homens mexicanos que tinham esposas e amantes masculinos ao mesmo

tempo..." Assim que ela diz isso, eu engasgo bem alto e de forma bem evidente com o chá que teria engolido em outras circunstâncias. O sr. Flores (evidentemente melhor naquilo do que eu) não hesita nem pisca. Só olha para o chá (de forma discreta), coloca a xícara no pires sem fazer som, olha para a esposa diretamente e diz (frio como a Era do Gelo): "Que interessante, querida. O que mais o artigo dizia?". Foi a primeira vez que pensei que aquele sr. Flores específico podia ser do mal e, se eu estava trepando com o Mal, o que eu era?

2. Eu amava esse sr. Flores especificamente. Ele também era dançarino. Dançava na companhia do Herói Pós-Moderno da Dança. Para aquele show específico, o Herói leu prosa por uma hora inteira (um feito tão impressionante quanto dançar, eu acho), só ficções relâmpago e memórias, e foi iluminado pelos dançarinos da companhia. Um palco cheio de dançarinos. Zellerbach Hall. Fileira quinze. Eu o vejo desse ponto de vista. Um dançarino pequenininho rolou pelo palco nu e eu pensei: É ele... Nós nos encontramos depois do lado de fora. Ele era do México e dançava havia um tempo. Ele também queria encher a cara. Gosto de dançarinos que enchem a cara. Ao longo da noite, falamos muito sobre arte e deuses e HIV. Ele tem uma opinião e eu tenho outra, descubro. Acho que ele pensava que eu deveria sentir mais vergonha, e fiquei tentando explicar para ele que é difícil reunir energia para me importar com esse tipo de coisa o tempo todo. Nós achamos simultaneamente que as coisas

estavam diferentes do passado (havia um boato de que o Herói Pós-Moderno da Dança que era líder da companhia dele era positivo desde antes de o sol ter planetas) e também que, a qualquer momento, o governo podia tirar nossa medicação e nos deixar morrer. Acho que foi parte do motivo pra termos trepado naquela noite. Se alguma coisa estilo Armagedom acontecesse no futuro, pelo menos nós tivemos aquela noite. Nós pensávamos adiante. Talvez não houvesse muito tempo no futuro, era melhor a gente trepar *agora mesmo*. Foi o que fizemos. Eu mostrei a ele a coreografia em que estava trabalhando e ele disse que quando eu me mudar pra Nova York nós vamos nos casar e colaborar, mas ele ainda não me ligou, então sei lá.

3. O terceiro sr. Flores foi bem fácil de amar porque eu não sabia porra nenhuma sobre ele. Nós só nos víamos tarde da noite no fundo do trem que vinha da cidade. A única coisa que ele sabia falar em inglês era o equivalente a "Você é uma putinha" e "Você gosta de tomar na bunda". Eu chupei o pau dele em uma plataforma de trem e uma vez fiquei com ele em um estacionamento perto da nossa parada. Lembro que ele segurou uma das minhas nádegas de um jeito amoroso intenso, e como é que os homens que já tinham fingido me amar nunca o fizeram daquele jeito instintivo? Claro que é uma coisa socialmente legítima desejar o toque daquele homem que diz "Você não precisa mais ser putinha porque vou fazer você ser agora uma dona de casa". Eu e outras garotas que conheço, todas safadas por natureza, às vezes encontramos

consolo nas mãos de um homem que chega a queimar sua pele com aquele toque, do tipo que deixa claro por que você vai sempre ser uma putinha e talvez nunca uma dona de casa. O sentimento é poderoso, imenso, fugidio e talvez não sirva para os de coração fraco.

O PROBLEMA DA COMÉDIA OU POR QUE ESTOU FALANDO SERÍSSIMO

Eu estava começando a incomodar meu agente literário e meus colegas com piadas sobre aids e baboseiras apocalípticas. ("É sempre tão pesado. Sério, *tãããão pesado*. Já pensou em arrumar um namorado e escrever sobre isso?") Outro garoto da minha turma de escrita falou: "Eu conheço uma pessoa que morreu de aids". Depois de admitir essa verdade dura, todo mundo na sala bateu palmas pra ele de pé. *Uma pessoa.*

Meus colegas eram tão sem humor quanto sobreviventes de abuso sexual. Ou eles não viam o humor ou eu era mesmo um babaca. Por exemplo, havia o conto que escrevi sobre o pai morador do Castro que era gay infeliz e não trabalhava fora. Ele fica deprimido porque sua vida se tornou uma série de rotinas, tem um surto e vende todos os filhos adotados de etnias variadas em troca de metanfetamina. Fui repreendido por um colega: "Paternidade gay é *sagrada*, seu babaca. EU SOU UM PAI GAY!" – e ele também ganhou aplausos de pé.

Meu professor também estava no meu pé. Marcava nos meus textos o tempo todo e era sempre a mesma coisa ("Blablablá... Tenho uma porra de um PhD... Blablablá, 'literatura de transgressão'" – tive que pesquisar o que "transgressão" significava). Eu achava que essas vacas covardes eram ovelhas e tinha a sensação de que estavam todas tentando me enganar para fugir do diálogo radical que deveríamos ter, sobre a complexidade da condição humana, ou "conversa real", como eles chamam. Não, que se foda. Decidi não descer do salto. Eu não estava a fim de mudar por causa de gente que não fazia parte da minha vida. Não chega a ser um golpe no ego quando alguém que é escritor de merda (um escritor de merda *satisfeito* consigo mesmo, ainda por cima) acha que você é um lixo. É difícil se importar com alguém que não se importa com você, mas, para agir com empatia, não era muito difícil para mim entender qual era o medo no coração deles. A comédia é uma ferramenta muito perigosa. É difícil manter as pessoas alinhadas com o fato de que o humor nunca deve negar a seriedade do que você está dizendo. É por isso que eu acho que a maioria dos comediantes fica louco: Chappelle, Murphy, Barr, Kinison etc. O truque do equilíbrio pra mim sempre foi demonstrar que, junto com as risadas, eu continuo sério pra caralho.

CURA

Comecei escrevendo um poema sobre o assunto:

"VIAGEM INAUGURAL"

Em uma viagem à praia
Perdi meus óculos no mar e
Aproveitei a oportunidade para orar
– A Poseidon, Lorelei, Agwé, La Sirene
(Ou a qualquer deus ou monstro marinho ouvindo)
Dei um beijo de despedida nos meus óculos e disse

"Isso foi o que vi..."
Completamente cego
E finalmente livre
Reparei que desde que perdi meus óculos
Mais gente flerta comigo...

Começou assim:
Foi simples. Bem simples. O mais simples possível. Alguns se referiam a ele como "Boneco Ken" porque ele era perfeito assim e, fora isso, havia o fato de que ele era um amor. Em um mundo com tantos babacas incuráveis, um homem que é um amor pode ter o que quiser. Ou era assim que deveria ser, mas estou divagando. Dois anos antes, entrei na internet chapado e perguntei se ele queria ficar abraçadinho. Ele nunca respondeu. Tive uma surpresa enorme quando ele ligou e perguntou se eu queria ir de bicicleta até a praia. Eu aceitei. Muito platônico. No passeio, ele fala muito sobre o namorado, e como parece ser autoridade (pelo menos pra mim ele parece um "namorado perfeito", do tipo que deveria usar isso escrito numa camiseta e mandar tatuar na testa), fiz perguntas sobre namoro, tipo, o que eu estava fazendo de errado? Ele conta seu método mais secreto e eu fiquei: "Ah, é por isso que sou solteiro". (Eu não estava disposto a fazer aquela merda.) Agora, eu sabia. Parece que ele percebe que estou de coração partido. Estamos pelados na praia, ou melhor, eu estou, e tem as bichas mais lindas do mundo lá. Nós entramos no mar e ele diz: "VAMOS MERGULHAR NESSA ONDA!". Tudo bem, homem bonito, o que você disser.

O frio do Pacífico me deixa sóbrio de repente; ele parece preocupado: "Cadê seus óculos?". AH, MERDA! Eu mergulho para procurar, mas é claro que já sumiram. O fato de que *ele* precisou observar que tinham sumido me deixa mais sóbrio ainda e amo como sou todo errado. Além da estática da humildade e de mil romances fracassados, olho além da linha do horizonte para onde o mar e o céu se misturam. Um milhão de quilômetros azuis. Faço uma avaliação. Havia o sol, o mar, aquele homem bonito e um milhão de outros homens bonitos na praia. Havia amizade e também a percepção de que eu provavelmente ficaria solteiro pelo resto da minha vida. E tudo bem, talvez fosse preferível. E com esse pequeno acontecimento, fiquei curado da minha depressão de dois anos e meio (só naquele dia, o que já foi bom o bastante para mim – eu estava me sentindo mal havia muito tempo). Não me preocupei mais com o que eu não tinha.

MAPA ASTRAL

Minha terapeuta do mal venceu. De novo. Eu estava saindo de uma bebedeira de duas semanas e precisava de algo de que reclamar, então marquei uma consulta com minha terapeuta apesar de aquela vaca ser minha pior inimiga. Resmunguei por duas horas sem parar (e com vigor) sobre ter trinta anos, estar solteiro, sem esperança de fazer parte da sociedade e sem um parceiro estável em vista. "Todo mundo com quem eu saio acaba querendo me bater", expliquei. Ela me disse que eu tinha que começar a me colocar no "estado mental de um namorado". Minha tarefa era ir à Ikea (com meu namorado imaginário, veja bem) e começar a escolher peças baratas (mas *bonitas*) de coisas europeias para decorar nosso apartamento imaginário. Fiquei chapado, é claro, e me envolvi tanto que, antes de me dar conta, estava no estacionamento da Ikea com setecentos dólares de porcarias de que eu não precisava e sem ter como levar tudo para o meu apartamento imaginário porque eu não tinha um carro imaginário. Eu poderia ter dado uma porrada no meu namorado imaginário por não ter me controlado e cuidado da situação. Parecia que minha terapeuta tinha feito aquilo de propósito pra me humilhar, e era hora de admitir que a terapia não estava funcionando. Eu fazia terapia havia anos e ainda era um viciado em sexo enlouquecido e meio sinistro. Qual era o sentido? Quando estava prestes a finalmente admitir que talvez o problema fosse eu, tive outra ideia: achei que eu teria melhor chance de cura interior se pagasse cinco dólares para fazerem meu mapa astral e delinearem meus defeitos, pra que eu pudesse ignorá-los ou trabalhar neles, e foi o que fiz. Coloquei minhas informações (data de nascimento, hora de nascimento, local de nascimento): 2 de julho de 1982, 18h11, Athens, Alabama...

(Coisas a considerar: uma quadratura cria tensão entre os dois planetas ou pontos envolvidos. Um trígono é quando dois planetas estão a cento e vinte graus um do outro e a aproximadamente quatro signos de distância. Uma conjunção é quando dois planetas estão no mesmo signo. Oposição é quando um planeta está em um signo oposto do signo de outro planeta. Sêxtil é quando dois planetas se complementam, mas não são do mesmo elemento.)

SOL EM CÂNCER

Ele tem forte instinto de sobrevivência e reputação de mudanças de humor. É sensível e impressionável. É facilmente influenciado e às vezes manipulador.

ASCENDENTE: SAGITÁRIO

Ele tem esquemas ambiciosos e grandes promessas, e disposição para explorar. Pode ficar inquieto e procurar constantemente uma coisa fora do alcance. Tem intuições incríveis que podem ser desprovidas de detalhes. Tem opinião sobre tudo e mesmo quando está para baixo consegue encontrar humor na vida.

SOL NA 8ª CASA

Costuma ir mais longe e mais fundo do que a maioria. Tem uma qualidade magnética e se sente atraído pelas áreas tabus da vida.

QUADRATURA: SOL-MARTE

Na juventude, ele podia ser descrito como "cheio de energia" e "uma criança que não consegue ficar parada". Carrega uma cota de conflito, mas não a teme. Pode ser esquentado e temperamental às vezes. Seus pais tentaram "domar" seu excesso de energia na juventude. Ele enfrenta desafios de frente.

QUADRATURA: SOL-SATURNO

Foi impedido de se expressar na parte inicial da vida. Sente-se azarado às vezes. A tentativa de controle pode ser frequente. Ele pode nem sempre ver que é seu pior inimigo. Quando expressa egoísmo de alguma forma, uma parte dele sente culpa. Ele pode ter senso de humor sarcástico e capacidade de usar cautela e estratégia.

LUA EM SAGITÁRIO

Precisa de espaço pessoal e liberdade. É difícil ficar com raiva dele. Ele tem fé cega. Costuma estar em movimento. Prefere "improvisar". Ele corre grandes riscos e se joga no desconhecido. Ousado e rebelde, pode arriscar tudo para alcançar seu objetivo.

LUA NA 1ª CASA

Ele é muito sensível e fantasia com frequência. É temeroso, tímido e emotivo. Precisa aprender a desenvolver uma percepção pelo sentimento dos outros, mesmo que não sejam tão abertos e imediatos.

OPOSIÇÃO: LUA-VÊNUS

Pode ceder aos outros com facilidade demais. Pode se tornar amigo e amante de pessoas com rapidez, por necessidade de aprovação e ânsia de afeto. Ele se envolve antes de considerar se gosta mesmo da pessoa. Às vezes, substitui o amor por comida ou compras. Pode ser ativo sexualmente de forma intensa, cheio de luxúria. Pode ter traços de preguiça.

CONJUNÇÃO: LUA-URANO

Sua vida não é comum. Ele tem conhecimento do mundo não por leitura, mas por experiência. Gosta de viver cercado de artistas.

MERCÚRIO EM GÊMEOS

Ele é perspicaz. Pode parecer disperso. Fica entediado com facilidade. Tem uma certa energia nervosa.

MERCÚRIO NA 7ª CASA

Ele gosta de escrever. Ganha vida verbalmente com conversas diretas com uma pessoa só.

OPOSIÇÃO: MERCÚRIO-NETUNO

Comete erros de julgamento. Deixa as coisas acontecerem. Às vezes se recolhe a um mundo de sonhos. Pode se tornar usuário de drogas.

QUADRATURA: MERCÚRIO-MEIO DO CÉU

Ele é muito ativo sexualmente. Tem uma vida sexual plena.

VÊNUS EM GÊMEOS

Ele vai tentar conquistar o alvo de sua atenção com conversas espirituosas. Pode ser instável nos casos amorosos.

VÊNUS NA 7ª CASA

Ele faz tudo o que for possível para manter a paz nos relacionamentos.

TRÍGONO VÊNUS-MARTE
Não é um amante pacífico e calmo.

OPOSIÇÃO: VÊNUS-ASCENDENTE
Anda com companhias duvidosas.

MARTE EM LIBRA
Ele é facilmente excitável. Costuma criticar a si mesmo.

CONJUNÇÃO: MARTE-SATURNO
Tem energia e é determinado. É durão e, às vezes, insensível. Não é particularmente popular, mas é temido e respeitado.

JÚPITER EM ESCORPIÃO
Procura significados mais profundos em coisas que são tabus ou misteriosas.

JÚPITER NA 11ª CASA
Ele alcança seus objetivos.

SATURNO EM LIBRA
Nem sempre está aberto a novas ideias.

SATURNO NA 10ª CASA
A infância dele foi difícil. Ele quer ter poder, um passo de cada vez.

URANO EM SAGITÁRIO

Ele é tímido, mas ousado e cheio de vida.

URANO NA 12ª CASA

Tem dificuldade de se adaptar a novas tecnologias e ao mundo moderno.

CONJUNÇÃO: URANO-ASCENDENTE

Ele é criativo.

NETUNO EM SAGITÁRIO

Gosta de longas viagens e do desconhecido.

NETUNO NA 1ª CASA

Vai curar questões de identidade tomando o caminho das artes. Pode ser médium.

AQUÁRIO NA 3ª CASA

Gosta do novo e do original. Prefere uma vida de mudança.

ESCORPIÃO NA 12ª CASA

Quer investigar a vida particular das outras pessoas.

BRUXARIA PROFUNDA E CRÍTICAS DE MACONHA

1. Eu era um garçom americano entediado no trabalho. Também era praticante. Fui até minha sacerdotisa de Wicca da região e perguntei de forma direta: "Como eu fodo com a vida de alguém?" (voz graciosa e encantada). "Jovem alma, lembre-se da Lei Tríplice e de que sempre devemos espalhar paz e amor e luz." *Obviamente* aquela vaca estava chapada, mas se eu andasse por aí vestido como Stevie Nicks (na época de "Gypsy"), eu provavelmente sentiria muita paz e amor também. Eu estava cansado daquela merda New Age da Costa Oeste. Os espíritos reunidos acima da minha cabeça queriam GUERRA. Eu sabia que

precisaria honrar isso ou enfrentar as consequências. Liguei para a minha tia no Alabama que era Conjuradora. Amo toda essa porra Hodu do sul porque foi *feita* pra matar gente. Perguntei pra minha tia com certa timidez: "Tia, como eu fodo com a vida de alguém?". "É FÁCIL!", ela disse. É assim:

a. Pegue um ovo "direto da galinha". (Eu peguei um orgânico.)
b. Escreva o nome do seu inimigo nele com o menor tamanho que você conseguir, seguido de "corra corra corra".
c. Vá para algum curso de água corrente natural e fique de costas para ele.
d. Diga o canto sagrado:
FODA-SE O FILHO DA PUTA
FODA-SE O FILHO DA PUTA
FODA-SE O FILHO DA PUTA
FODA-SE O FILHO DA PUTA
e. Jogue o ovo na água por cima do seu ombro esquerdo.

Fiz toda essa merda e dei um suspiro de alívio. Era a *última vez* que Quentin Tarantino ia agredir meus sentidos com aquela merda de mau gosto *na vida*.

2. Minha tia no Alabama era Conjuradora. Ela me deu um feitiço que, se feito corretamente, revelaria a natureza do universo ao meu redor. Ela me instruiu a dormir em

lençóis brancos, a cobrir a cabeça de branco e não fazer sexo. "NÃO FAZER SEXO?!?!" "Só por um dia", ela disse, e me acalmei. Fiz isso e sonhei... Sonhei com o dia do meu casamento. Olhei para a escada da igreja e fui com minhas madrinhas para que elas me ajudassem a vestir meu vestido de noiva. Mas, como um ferro quente, a voz da razão se intrometeu e disse: *Você está de sacanagem? Cara, QUE MERDA...* Saí correndo da igreja, joguei o vestido de noiva em um latão de lixo e fugi. Acordei sabendo *exatamente* o que o sonho queria dizer. Liguei para a lanchonete e disse para os filhos da puta que estava pedindo demissão. Menos de um dia depois, recebi ligação do dispensário de cannabis onde tinha me candidatado a um emprego; a vaga era minha. Vinte e dois dólares por hora só para cortar maconha! Desliguei o telefone sentindo como se tivesse ganhado um boquete de Deus.

CRÍTICAS DE MACONHA

Trabalhar no clube de maconha foi o melhor emprego que já tive. *Na vida.* Parte da descrição da minha função era criticar a maconha. Algumas críticas:

Peppermint Kush: O poder da sativa! Sabor defumado e efeito incrível! É como fumar uma xícara de café! Hum...

Starfruit: Um bom produto! Acho que é uma sativa que já fumei antes, mas estou chapado demais pra lembrar.

E pra me importar. De qualquer modo, é um gosto suave que remete a pinheiros com efeito poderoso!

Lime Kush: Tem cheiro de limão, mas, quando você fuma, tem gosto de maconha! Como toda maconha, na verdade... Mas não se preocupe! Acenda um e a vida vai ficar melhor... Ao menos por um tempo.

Hazy Jim: Híbrido de indica e sativa, e pagando dez dólares por três gramas e meio não dá para reclamar do preço. É irreclamável. Solta fumaça como um saco de erva vagabunda dos anos 1970. Como um sentimento antigo voltando à noite...

Indica: erva com efeito relaxante.

Sativa: erva com efeito estimulante.

ESCOLA DE VIADOS

JUVENÍLIA: ESCRITOS DA ESCOLA DE VIADOS Nº 1

CRÍTICAS DE AVENTURAS

1. Esse cara tinha *fala mansa*. "Você é tããããão lindo, é carteiro de verdade?" "Não, senhor", respondi, "comprei esse short num brechó." Ele queria me levar pra casa, me comer *e* pagar uma cerveja. Isso era bem melhor do que eu conseguia no bar numa noite de sábado, e o fato de ser terça de manhã no parque não me incomodou em nada. Sem couvert artístico, sem constrangimento público... PERFEITO! Fui à casa dele, onde ele tinha fotos da esposa e dos filhos em toda parte e todos os filmes de homem batendo punheta do

mundo. Passamos três horas no chuveiro mijando um no outro e ele comprou um burrito pra mim depois. ENCONTRO PERFEITO.

2. Tive uma sensação de missão cumprida quando finalmente trepei no banheiro na Gilman Street. Conseguir sexo na Gilman é problemático. Todo mundo tem catorze anos, e trepar com o som de bandas trash exige muita concentração. Escolhi o caminho mais fácil e fiz festa entre os shows com um membro calvo (ou seja, pós-puberdade) da equipe. Ficávamos sendo interrompidos por uma fila de adolescentes esperando a cabine para poderem usar drogas. Mais tarde descobri que o mesmo cara escreveu um relato detalhado do nosso encontro PRA NAMORADA! E *que* me deixou de fora de noventa por cento do texto! DIVA! Cada vez que estou na Gilman, coço a cabeça (e as bolas) confuso.

3. Duas horas depois que a festa de casamento do meu amigo começou, me vi no banheiro com um cubano mais velho, *bingo!* "Só gostei de você porque você é jovem e tem lábios carnudos." Essa foi a coisa mais *tesuda* que um cara mais velho que eu estava chupando já disse pra mim, então fiquei *muito* excitado e aumentei a velocidade na benga dele (hehe). Ele me disse que eu tinha "muito carregamento pra uma arma pequena", gozou nos meus óculos e no meu cabelo e me deixou bêbado vagando pela festa com aquela cara de "Ah, não era *eu* sendo comido no banheiro". (Todo mundo via a verdade.) Depois, voltei

pra casa andando na chuva. Foi de longe o sexo mais excitante do mundo, e eu recomendaria para um amigo.

4. Normalmente, via de regra, tento não trepar com caras com barba hipster, policiais e homens com filhos, porque é entendido que essas coisas são nojentas. Eu achava que tinha verificado tudo isso com esse cara, mas mal sabia eu! Eu estava em uma festa e decidi levá-lo ao banheiro. Eu ficava levando a mão ao P dele e ele não deixava. Ele finalmente explicou (pense: sotaque sulista): "Não posso trepar com você, tenho verrugas genitais... OLHA!". E ele tinha mesmo. Eu nunca perdi uma ereção *tão rápido*. Ele continuou: "Estou passando creme, mas não somem". Alguns o aplaudiriam pela honestidade, mas, sinceramente, fiquei com raiva. Nenhuma garota decente deveria ter que aguentar isso, ele faria uma merda dessas com a avó dele? Ele me fez dizer coisas que jamais achei que diria ("Guarda isso!"). E quando achei que não podia ficar mais traumatizado: "Hum, é, eu tenho que ir logo buscar meus filhos, está tarde". Senti vontade de vomitar. "Ah, meu DEEEEEUS! Você é pai?! QUE NOJENTO!!!!" Tomei vergonha na cara e fui embora.

JUVENÍLIA: ESCRITOS DA ESCOLA DE VIADOS Nº 2

CRÍTICAS DE EMPREGO

1. Comércio: Tentei conseguir um emprego no Goodwill, e a moça que me entrevistou era *uma babaca*. Ela questionou minha capacidade de conseguir reunir cores parecidas e, no meio da entrevista, parou e perguntou (muito abruptamente): "ONDE VOCÊ SE VÊ EM CINCO ANOS?". Senti vontade de dar na cara daquela vaca, mas estava chorando muito.

2. Recepcionista: Consegui um emprego em uma lanchonete vinte e quatro horas no bairro gay. Era muito

"interessante". Eu trabalhava de madrugada (da meia-noite às quatro) e passava as noites (ou madrugadas) sendo assediado por universitários gays bêbados (pode *acreditar*, essa merda não é excitante como nos pornôs) e pelas amigas héteros, que, por estarem numa onda doida de pó, se achavam muito *incríveis*, mas que estavam lamentavelmente enganadas, claro. Eu odeio cocaína. Faz garotas boas da fazenda do Iowa fazerem coisas como se mudarem para a cidade grande, se vestirem como prostitutas (do tipo que não recebe pagamento) e entrarem em lanchonetes às três da madrugada pra ter conversas longas e indesejadas com recepcionistas mal pagos. Muitas noites eu tinha que dizer a alguma vaca burra pra se afastar três metros de mim porque o casaco de pelo de coelho estava me dando alergia. Em algumas noites eu cheirava um monte de cocaína no banheiro (quando o café *não funcionava*), chorava e refletia sobre a minha situação. *Por que eu não podia simplesmente namorar um traficante?* A minha vida seria *bem mais fácil*. Eu não precisaria ter um emprego merda! Devo admitir que havia vantagens. Ser sexualmente assediado por todos os garçons gays tesudos era legal, e a noite em que trabalhei de cueca e ganhei cinquenta dólares a mais de gorjeta foi legal, mas a *mais legal* foi quando falei praquele babaca bombado que eu estava *cagando* se ele era "Astro Pornô do Ano" do estúdio Falcon e que ele teria uma mesa quando eu *dissesse* (essa merda fez meu pau de treze centímetros parecer ter três metros). Eu queria me importar quando fui despedido, mas esse sentimento não fazia parte de mim.

3. Arrecadar fundos: Ir para meu emprego de telemarketing era *horrível*. Todas as manhãs eu acordava e rezava para ter coragem de vender o corpo. Ser rejeitado por setecentas pessoas diferentes *todos os dias* começou a foder minha autoestima. Comecei a andar com os ombros curvados e a babar (*muito!*). Eu me tornei um sujeito arredio e nenhum dos meus amigos queria sair comigo. Não era surpresa! Eu estava andando com vampiros! Uma vez, um babaca sentado ao meu lado começou a se gabar de ter vendido a opção mais cara para um paciente de câncer de sessenta anos. Fiquei enojado, mas aprendi. Em pouco tempo, sem nem piscar direito, eu conseguia vender para mães ocupadas, pessoas no trabalho, pessoas jantando e até pessoas sem pernas. Algumas pessoas talvez quisessem saber como fiquei desalmado tão rápido, mas com um roteiro na frente é moleza. Pequenas coisas me faziam aguentar o trabalho, como lembrar a mim mesmo que pelo menos eu não era molestador de crianças e, melhor ainda, pelo menos não trabalhava com comércio. E houve a vez em que o cara de cento e setenta quilos que estava *sempre* na sala de descanso e só comia carne enlatada e *pegava no pé de todo mundo* caiu da escada e todo mundo do escritório morreu de rir. No dia em que fui demitido, eu e meu colega fumamos um e ficamos na sala de descanso por duas horas.

4. Café desgraçado: Eu me candidatei a um emprego no café e foi *uma merda*. Eu me sento para a entrevista com a gerente e a primeira coisa em que reparo é numa

tatuagem enorme de borboleta... na cara dela. NEM UM POUCO LEGAL. Admito que fiz muita merda pra julgar alguém por qualquer coisa, mas dei uma olhada naquela porra de tatuagem e soube que aquela merda seria *ridícula*. (E eu estava certo!) "Oi", disse ela. "Meu nome é uma coisa *hippie* qualquer. Como você está? Bom, o pagamento aqui é *uma bosta*, o horário de trabalho é longuííííssimo e você vai começar por baixo, então é claro que VAMOS FERRAR VOCÊ. Mas não importa! Nós somos *amigos* aqui e saímos juntos toda hora! Você gosta de sair?" Eu não sabia como contar àquela pessoa de "espírito livre" que eu tenho amigos ótimos e que, fora do contexto daquele emprego merda, eu não conversaria com uma riquinha *hippie* como você *nem morto*. Mas como eu estava com fome e precisando de dinheiro pra comprar maconha, decidi bancar o descolado: "Ah, meu DEEEEEUS! CLARO! Eu AAAAAAMO sair!". Ela continuou: "Acho que a equipe vai adorar trabalhar com você. Você parece tão tranquilo!". (Percebi que ela quis dizer "fraco".) "Nós *precisamos* de mais gente como você na equipe! *Claro* que vou te ligar!" Felizmente, ela não ligou.

5. Garoto da toalha: Eu não estava transando muito, então arrumei um emprego na sauna da região. Na entrevista, o chefe me disse que gostava do caimento da minha calça jeans e perguntou se eu tive problemas com meu pai. Também falou que, se eu fizesse contato visual com os clientes, eu seria o "garoto da toalha" favorito de todo mundo. Aquele filho da puta cheio de tesão não estava

de brincadeira; em uma semana eu estava dando pra bichinhas, drogados, empresários estrangeiros e meu colega de cinquenta e um anos que tinha um pau tão grande que fiquei convencido de que o amava. Também aprendi muito sobre saunas, como o fato de que a maioria delas foi fechada no começo dos anos 1980, mas, se você tinha uma sauna, pode tirar licença de "academia só para homens". Trabalhei com um cristão cheio de tesão que falou para o pai pastor que trabalhava em um "centro de crises para homens". Ele explicou: "Bom, os homens precisam relaxar e até fazerem isso estão em crise, então eu trabalho em um centro de crises". Isso foi chocante para mim. Um cristão em negação? Nunca! Mas aquela putinha parecia estar movendo *montanhas* com aquele poder dele. Eu não tinha coragem de dizer pra ele que ele trabalhava no buraco de trepar de um bando de drogados. Depois de trabalhar lá por um tempo, o cheiro de cu (que antes eu achava enérgico e revigorante) passou a me dar vontade de *matar*. Sem mencionar toda a baboseira obrigatória do trabalho. Uma vez por mês, eu ia a reuniões de trabalho em que aprendia como limpar porra com mais eficiência e como jogar cachimbos de crack fora de forma adequada. Nos dois meses em que trabalhei lá, só encontrei um.

6. Crítico de comida: Recebi duzentos dólares para experimentar bolinhos. Se eu tivesse um bebê, teria *vendido* o filho da puta pra pegar aquele emprego. (Desculpe, Júnior – seu BABACA!) Depois de cada reunião de "pesquisa de marketing", eu andava para um quarteirão de distância,

acendia um baseado e entrava em harmonia com o universo. Aquela merda era cem vezes *mais legal (muito mais)* do que a paz mundial, levar na bunda pela primeira vez ou ficar doidão pela primeira vez.

CRÍTICAS DE AVENTURAS

1. Uma vez, tive um colega de apartamento muito lindo que cheirava muita cocaína. Uma noite, pela quadragésima oitava vez, eu estava no quarto dele cheirando e o ajudando a procurar drogas que ele tinha perdido. Três doses de tequila depois, como se por magia, nós estávamos com o pau pra fora. Ele coloca pornô hétero e pergunta se pode me chamar de Brenda, a garota favorita dele no filme. Àquela altura, eu já estava investido demais no processo. QUE SE FODA. Por que não experimentar uma vez? "Hum, claro, cara, o que você quiser..." Aí ele tentou me comer sem camisinha. "Escuta, amor, não tenho aids, só faço sexo com garotas, blablablá..." *Ah, pode ir falando, gênio.* Sem camisinha?!?! ECA! Se ele fosse meu namorado monogâmico de muito tempo ou Damon (da banda britânica pop Blur), aquela situação poderia ter sido mais "negociável". Mas aquele merda de cocainômano? Ahhhhh, não, porra. Ele que não ia me engravidar! A ideia de uma plantação de couve-flor crescendo no meu cu (assim como um *dragão de IST* superpoderoso que viveria no meu cu e me incomodaria à noite) passou pela minha cabeça, provavelmente porque eu estava chapado,

e por isso *agi*. "Bota uma camisinha, SEU *HIPPIE* FILHO DA PUTA!" Ele colocou, perdeu a ereção na mesma hora e desmaiou. Foi uma merda. Trepar com caras héteros que usam coca é *contrarrevolucionário* e ele nem teve a decência de me dar drogas de graça (o FILHO DA PUTA). Aliviei a tensão *gozando rapidinho*, limpei a porra em uma meia limpa dele e fui embora.

2. Eu estava na farra na Polk Street. Estava comendo frango frito, tomando uma cerveja e curtindo a vida quando fui abordado por um *yuppie* magrelo. Ele parecia meu professor de direção. Perguntou de que eu gostava e se eu precisava de carona e eu disse que sim porque fui para a cidade ver um show e todos os meus amigos tinham ido embora e eu (meio que) queria chupar o pau dele. Entrei no Camaro azul me sentindo o gayzinho cheio de tesão que é assassinado. E comido. Ele começou a seguir pelo caminho errado na rodovia e EU TIVE CERTEZA DE QUE ESTAVA MORTO, mas foi só porque ele pegou a entrada errada e fomos para o outro lado. O tempo inteiro, ele ficou falando de uma entrevista importante que ele tinha para ser gerente do Taco Bell ou do Sizzler ou de alguma outra merda dessas. Eu o levei pro meu armazém e quase vomitei quando ele falou: "Sabe, é muito interessante ver como esses artistas e/ou gente da contracultura da região vivem". Já havia três garotos desmaiados no meu quarto e tentei trepar com ele em um tapete no corredor onde deixávamos as bicicletas. Dois colegas meus que moravam em uma barraca no andar de baixo estavam

viajando de ecstasy e nos pegaram no flagra "sem querer" umas doze vezes. Ele surtou, engoliu minha porra e foi embora.

3. O cara mais velho com quem fui pra cama (de graça) tinha sessenta e quatro anos (quando eu tinha vinte). Eu estava no trem usando um lenço branco (ou seja, "cara, vamos bater punheta") e ele estava usando um lenço que queria dizer que ele queria levar uma surra ou *fisting* ou o que quer que os velhos promíscuos gostam. Fiquei tão feliz de ele ter reparado em mim (eu só estava usando o lenço porque combinava com a minha roupa!). Se queriam "apertar minha mão" só porque eu estava usando um lenço, achei que era melhor aproveitar a oportunidade. E aproveitei. Nós nos apresentamos e descemos na estação seguinte pra procurar um banheiro. Entramos em uma cabine e meu lenço venceu, porque eu bater (ou fazer *fisting*) em um velho em um banheiro público teria sido estranho. Nós terminamos e fomos um para cada lado e as pessoas do restaurante fizeram cara de quem não entendeu nada quando saímos.

4. Tomei três coquetéis Long Island Iced Tea no bar e me senti *Deus*. Só havia um lugar para onde aquela festa iria: as cabines de vídeo! Paguei no balcão e entrei pelos fundos. Havia dois empresários asiáticos revirando os olhos para mim e um doidão maluco e peludo, *hippie* e doido que ficava balançando o pau duro para mim. CENA DE SEMPRE. Um gay enrustido no canto me mandou: "Vai

logo praquela cabine!'". Fiquei feliz em obedecer. Ele me perguntou se eu "me arrumava" e falei que eu botava gravata em entrevistas de emprego e situações assim, mas acho que ele quis dizer saltos altos. Como se aquele filho da puta que vivia no armário fosse falar comigo se eu tivesse aparecido de peruca e scarpin. Tenho certeza de que não! Eu gozei e fui embora. Uns minutos depois, encontrei um adolescente que precisava ir correndo para o emprego no FedEx (ou será que ele só estava usando um moletom do FedEx?). "Já estou lubrificado... vamos!" Ele era *tão legal*. Foi uma pena quando escorreguei para fora sem querer e fiquei metendo entre as pernas dele por uns quinze minutos. Foi a esfregada mais gostosa e acidental da minha vida. Depois, conheci "Stumpy". Ele tinha um metro e sessenta, cento e cinco quilos e um pau de cinco centímetros duro como pedra. Paguei quinze dólares para trepar com ele e, quando ele acabou comigo, fiquei meio chateado de não ter dinheiro pra dar gorjeta. Aquela porra foi tão *gostosa*. Quando (finalmente) saí das cabines, senti orgulho de mim mesmo. Usei camisinha e apoiei o comércio local. Meus quinze dólares foram pra uma boa causa... ou era o que eu pensava. Quando fui até a minha *bicicleta*, vi Stumpy (aquele *babaquinha*) entrar em uma picape Dodge novinha com bancos de couro. Fiquei confuso (como ele alcançava o pedal?) e um pouco perdido.

5. Eu estava no trem e um pastor negro deu em cima de mim. Estou falando do tipo com casaco de couro comprido (com forro de pele de raposa!), uma peça de decoração

de arte negra enorme e uma Bíblia gigantesca! Nojento! Nem preciso dizer que o achei bonitinho, mas fiquei meio incomodado de brincar com o pau (muito grosso) o tempo todo. Ele escreveu o número dele na parte de trás de um programa da igreja e tentou me fazer segui-lo até as cabines, mas recusei porque tinha que ir para a aula.

JUVENÍLIA: DESATINOS ROMÂNTICOS

1. Eu conhecia o merda com quem ele costumava sair do bar e fiquei surpreso de ele estar dando em cima de mim. O álcool. Mas ele era bonito e deixei que me cantasse até perder o último trem para Oakland. Ele disse que poderíamos ficar juntos na casa dele. A caminho da porta, corríamos o risco de encontrar o merda com quem ele costumava sair do bar, um tal de Larry. Era aquele típico cara pálido e magrelo que trabalhava de substituto ou de funcionário de loja de linhas dos quais São Francisco estava lotada. Eu tinha certeza de que meu Romeu bêbado tinha dormido com a maioria deles. Eu tinha sido

apresentado ao outro garoto antes e esperei aquele momento constrangedor de ser reapresentado pra um garoto branco qualquer do qual não me lembrava. A bicha teve até coragem de fingir indignação porque eu não me lembrava dela. *Que se dane*, moça. Se nós fôssemos sabores de sorvete, ele seria baunilha e eu seria a edição limitada mais popular, tá? Um amigo barman caolho uma vez me deu um conselho de vida: "Se eles não te encantam, não te comem ou não te deixam de olho roxo, eles não lhe deram muita coisa de que se lembrar". Eu estava do lado dele nessa.

Eu não era mais criança e vi aonde aquilo ia dar. Eles começaram a fazer contato visual um com o outro e começaram a conversar quando entramos no táxi juntos. Era tarde demais para acordar amigos e decidi esperar do lado de fora da casa dele. Minha mente me imaginou deitado acordado no quarto de um estranho tendo que ouvir dois estranhos se chuparem. Eu desejaria um ménage delicioso, mas os dois tinham me irritado. Eu não teria trepado com nenhum deles nem com o pau do meu inimigo. Quando chegamos ao apartamento dele, o inevitável aconteceu. Eu não quis saber. Tomei controle da situação e saí do quarto para pegar o colega de apartamento dele.

2. O amor estava chegando pra mim nos lugares mais desesperados e errados. Fiquei na frente do espelho do banheiro, com vapor subindo da pia, lavando desesperadamente as manchas de merda da minha camiseta favorita e tentando descobrir *qual* era o nome do estranho de pau

grande no meu quarto. Ele disse que gostava de mim, mas passei o cheque mais horrível da vida no pau dele e sei que estraguei todas as chances de sermos namorados. Eu precisava que ele fosse embora. O amor estava chegando pra mim nos lugares mais desesperados e errados, e era tudo minha culpa. Depois de falar sobre isso em cinco sessões com a minha terapeuta, nós descobrimos onde tudo começou: foi no meu primeiro beijo. Eu amadureci tarde. Todos os meus amigos skatistas de pau fino e acne no rosto tinham pelo menos chupado peitinhos. Eu não tive nada. Sabia que ser bicha seria uma merda naquela cidade. Eu e meu colega de banda na época fomos a um show punk em uma oficina antiga naquela noite. Nós ficamos atrás porque meu colega de banda era descolado demais para ficar na frente.

Eu o vi dançando nos fundos perto de nós, ele sendo o "Toast". Toast era um roqueiro punk enrugado (mas bonito mesmo assim – ou eu que estava desesperado?) da Califórnia. Tinha trinta e cinco anos (dezesseis anos mais velho do que eu) e parecia ter experimentado todas as drogas que tinham oferecido para ele. Nós nos pegamos na frente de todo mundo. No dia seguinte, na escola, uns garotos de uma banda rival contaram pra *todo mundo* e meu professor de ciências meio diva me disse que eu deveria estar orando e "explorando opções mais seguras" de um jeito que me fez achar que ele estava dando em cima de mim.

3. Em resumo, eu estava trepando com um francês bem nojento. Ele tinha um pau grande e velho e insistia que

isso lhe dava certos privilégios no nosso relacionamento. Ele insistia que isso lhe dava certos privilégios na vida. Meu problema principal com essa "filosofia do pau grande" é que não incluía coisas muito educadas. Era sempre "o meu é maior, eu fico por cima", ou "o meu é maior, sou intrinsecamente mais feliz do que você". Nunca era "o meu é maior, vamos enrolar um baseado" ou "o meu é maior, vou te amar pra sempre". Toda aquela falação sobre o "privilégio do pau grande" dele me deu um complexo *muito necessário* sobre o tamanho do meu pau. Comecei a ter pesadelos molhados com os maiores paus que já conheci: do meu padrasto, dos professores de educação física do Fundamental II, de policiais, de atletas, o que for! Comecei a medir meu membro todas as noites antes de ir pra cama, pra ver se tinha crescido um pouco (apesar de eu ter vinte e sete anos). Quase gastei três mil dólares nesses comprimidos bizarros de crescimento peniano, mas acabei gastando o dinheiro foi com maconha mesmo. Acabei cedendo a essa merda porque na época era o melhor que eu achava que podia fazer, porque ele tinha um pau grande. Eu tinha dado poder demais ao bilau dele e agora ele tinha poder sobre mim. POOOOOORRA. Eu não ia ficar por baixo (perdão pelo trocadilho) sem lutar.

Entalhei em pedra a regra de ouro sobre paus: o tamanho pode ou não importar dependendo de quem você é e do que está procurando; o que importa *mais* do que isso é se você quer ou não *matar* quem está do outro lado da ponta do pau, e eu queria aquele filho da puta francês *morto*.

Ele me convidou pra almoçar com seus amigos "purpurinados radicais". Purpurinados radicais? Ah, não! Eu já conheço brancos malucos o suficiente. Ele me contou qual era a lista de convidados e eu já tinha ficado com a maioria. Decidi parar de odiar tanto; é preciso respeitar os purpurinados porque eles costumam ceder. O almoço foi *ruim*. Todo mundo tinha nome falso e o cabelo até a bunda. Todos tentaram me convencer a gastar o dinheiro que arranquei dolorosamente dos meus pais pra sair com eles nas fazendas, montanhas e desertos. Cheiradores de cola. Ah, não. O francês fez uma piada sobre passivos desesperados e levei pro lado pessoal (porque eu sou um passivo desesperado). Como ele ousa falar de mim e das minhas irmãs!? Ele não conhecia nossa dor! Respirei fundo, fiz uma oração silenciosa e fui à guerra. Bati no copo e fiz um brinde ao pau do meu amante e disse alguma coisa sobre ser a única qualidade que o redimia como ser humano e todos pararam de me convidar pras festas depois disso. Senti orgulho de desviar daquela bala de MERDA.

Estou lá no meu emprego lavando pratos em Berkeley; é numa pizzaria. Às vezes, pais bissexuais com tesão de Berkeley dão em cima de mim. Ele não deu gorjeta e me deu o número dele. "Me liga", disse ele. "Tenho o pau grande." Acreditei nas palavras dele e joguei seu número no lixo. Sem tempo, irmão. Eu já conhecia paus grandes demais.

4. Acordei sozinho com aquela sensação bizarra do cu pulsando, como quando você está sendo comido e a pessoa

tira o pau da sua bunda e tem uma espécie de "pop", sei lá. Senti isso despertando e fiz uma verificação rápida com o dedo pra ver se eu tinha me cagado. Quando reparei que estava limpo, um *arrepio* de terror subiu pela minha coluna enquanto eu olhava pelo quarto vazio. EU TINHA SIDO COMIDO POR UM FANTASMA.

5. Era sábado de manhã e eu estava pegando sol com um bando de bichas no parque. Um amigo muito arrogante estava se sentindo poderoso por ser o único entre nós que praticava *fisting*. "É A CONEXÃO MAIS INTENSA QUE VOCÊ PODE SENTIR COM ALGUÉM. NA VIDA", declarou ele, como se compartilhar um programa de televisão favorito ou um sabor de sorvete não contasse. É sério, bicha? MENTIRA!!!!

Contei meu lado da história. Um tempo atrás, eu estava me sentindo grandioso e tomei todas as cápsulas de cogumelo em um saquinho de três gramas e meio e fui para a sauna sozinho. Um cavalheiro mais velho muito bonito me perguntou se eu gostava de "enfiar a mão". Falei que não era minha praia, mas que experimentaria e que eu estava muito louco. Ele me disse que eu ficaria bem e me deu nota máxima porque minhas unhas tinham sido feitas pouco tempo antes. Eu o levei para o quarto dele e comecei a socar na bunda dele e comecei a pensar naquele antigo jogo de videogame *Mortal Kombat* e na voz que soa quando seu parceiro de luta está mais vulnerável, que grita *"FINISH HIM"*, e eu arranco as tripas dele e as levanto no ar, um trovão místico estourando em volta de mim.

Puta merda, cara. Estou muito doido! Passou pela minha cabeça então que eu estava meio entediado e que preferia estar sendo comido. "A LIGAÇÃO MAIS INTENSA" meu cu. Além dos batimentos dele, não senti nada.

6. Era o verão do meu décimo sétimo ano e eu estava *de saco cheio*. Avaliei minha vida e a imagem não foi tão boa. Eu morava em uma casa suja com um monte de pestinhas que, além de mim, usavam drogas demais. Eu já tinha atravessado o país duas vezes com bandas punk e passava a maior parte do tempo chapado e com fome, e o pior de tudo foi meu ménage infeliz com meus colegas de quarto héteros, gordos, bêbados e cocainômanos. UGH! Pensei na minha mãe mexicana forte e orgulhosa – ela não aguentaria essa merda e eu também não deveria. A culpa católica me deu um chute forte na bunda. Tomei um banho e renunciei ao meu estilo de vida punk rock. Fiz preparativos para me tornar padre católico. No começo, as coisas seguiram tranquilamente. Todas as senhoras da minha igreja faziam biscoitos deliciosos e tal. Acho que elas ficaram encantadas com a coisa do padre jovem e o quanto a ideia era sexy. As coisas despencaram quando conheci o padre delicioso. Em retrospecto, acho que o romance com o padre foi má ideia. No fim, estourei quatro cartões de crédito pra podermos nos masturbar em retiros religiosos no México, no Havaí e na Nova Zelândia. No final, ele admitiu que tinha intenções sinistras para os coroinhas mais jovens e fiquei puto da vida. *Quer fazer eu me sentir velho? Que se foda.* Denunciei o filho da puta

sinistro e agradeci a Jesus por me dar a sabedoria de perceber que eu era melhor do que aquilo tudo. Devolvi minha alma ao rock and roll e foi um grande alívio. Eu estava com saudade de chupar pau.

7. Foi tolice acreditar que ele não era mau só porque estava de óculos. Erros foram cometidos. Ele me convidou pra ir pra casa; no caminho, tivemos uma conversinha rápida. Em sete minutos, descobri que ele estava estudando arte (não fazendo), era filho único, libriano, odiava o pai e estava otimista em relação ao emprego merda. Concluí que gostava dele. Talvez pudéssemos ser namorados. Pra resumir, ele me comeu, eu gostei e duas horas depois ele me pediu pra ir embora e não atendia minhas ligações. Eu me senti humilhado e abandonado. O mentiroso disse que gostava de mim! Se eu soubesse que ia ser casual daquele jeito, teria mandado ele usar camisinha. Esse cenário ficou se repetindo até eu finalmente começar a ter bom senso e conduzir minha vida como adulto. Eu vivia seguindo duas regras. Não entregue as joias no primeiro encontro a não ser que você saiba que não vai haver um segundo e, se ele não quiser usar camisinha, faça com que ele primeiro compre uma casa, uma aliança e uma máquina de lavar. Vi aquele babaca no parque um ano depois e enterramos os ressentimentos e fumamos erva no cachimbo.

CRÍTICAS DE APAGÃO

1. Era Halloween dos meus vinte e três anos e eu estava CHAPADO. Eu me fantasiei de Dioniso com uma coroa de louros e só um cacho de uvas de verdade cobrindo minhas partes. No fim das contas, a fantasia (e o bourbon) tomaram o controle e acabei assumindo o espírito do deus grego poderoso, antigo e bêbado.

Do que me arrependo:

- Ligar para o cara com quem eu teria um encontro às escuras e xingá-lo por terminar o encontro

cedo porque eu estava "beijando garotos demais". Eram todos amigos platônicos com quem eu tinha dormido antes. Não eram concorrência. Eu me senti tão mal por xingá-lo. Ele era paciente de câncer! (Quando conversamos depois, tivemos uma discussão que me fez acreditar que, apesar de ele ser paciente de câncer, ele era um escroto.)
- Ter perdido cinquenta dólares.
- Ter tocado todas as campainhas no apartamento do cara da internet (nós só ficamos uma vez!).
- Cair pra trás na escada dele e fazer a grosseria de passar a noite lá. Acho que fiquei com o cara que vende drogas no degrau de onde eu moro. Se fiquei, me arrependo disso também.

Do que me arrependo mais ainda:

- Acho que fiquei nu em frente ao bar, chorando e dizendo pra todo mundo que meu pai me odeia e que eu tenho aids. *Pelo que eu estava passando?* Meu doce pai não me odeia – só é mais difícil de convencer a me dar dinheiro do que a minha mãe. Só isso. A segunda coisa, bom, era só minha paranoia bêbada de saúde ruim porque eu estava saindo com um monte de gente. Só isso. Os outros não me perdoariam com a mesma facilidade com que eu me perdoava. Alguns caras soropositivos souberam disso e reviraram os olhos pra mim porque estavam acostumados com isso, mas alguns outros caras soropositivos (e os homens que os amavam) se juntaram em uma ação comunitária contra mim. Os filhos da puta falaram mal de mim como se fosse um novo esporte. Chegaram ao ponto de dizer que eu falar que tenho aids sem ter era o equivalente de pintar a cara de preto. Apesar de ser culpado, eu não queria ser acusado de "cara de aids". É absurdo. Depois que pedi desculpas várias vezes sem dar em nada, mandei as vacas implacáveis à MERDA. (Se você não gosta de ver gente bêbada, não fique tanto tempo na frente do bar.)

2. Infelizmente, apaguei na festa de formatura de um amigo. No dia seguinte, quando acordei na casa em um banheiro onde não deveria estar, tive a estranha sensação de que minha vida tinha sido destruída na noite anterior, de alguma forma. Infelizmente, minha intuição estava correta. O que aconteceu foi o seguinte: em algum momento no meio da noite, eu parei e mijei num garoto que também estava na festa. Ele me deu um soco, quebrou meus fones de ouvido, roubou meu skate, meu passaporte e meu celular, queimou algumas roupas que eu tinha na bolsa e tenho quase certeza de que usou minha identidade pra assumir uma conta de eletricidade de oitocentos dólares de uma casa punk qualquer em Oakland. Eu e o garoto tínhamos um histórico anterior. Eu bebi o mijo dele em Los Angeles uma vez e chupei o pau dele numa outra. Nós nos beijamos aqui e ali algumas outras vezes. Ele sempre me deu indicativos que me fizeram acreditar

que estava tudo bem. Ele dizia coisas como: "Ei, cara, valeu pelo boquete". Ele também deu um tapinha carinhoso na minha nuca quando bebi o mijo dele em L.A. Mas acho que eu mijar nele acabou com tudo, porque ele disse pra todos os meus amigos que eu o droguei com maconha e mandou uma adolescente que ele estava comendo falar pra todo mundo que eu marcava encontros pra estuprar. Fiquei de coração partido e achei que ia ser expulso dos eventos. Mas, como costuma acontecer, em um mês todo mundo estava cagando pro que rolou, e seis anos depois ainda é bem incômodo quando encontro esse cara.

3. Pra resumir uma longa história, eu basicamente comecei a ter apagões e ir pra casa de um amigo e comer tudo na geladeira. Não foi nada de mais até que meu "amigo" se esqueceu de me avisar que não morava mais lá. Os novos moradores deixavam a porta destrancada, como ele. Eu estava chapado encarando uma caixa deliciosa de picolés orgânicos de banana quando fui interrompido tragicamente no meio de uma chupada: "QUEM É VOCÊ, PORRA?". Eu me virei e vi dois filhos da puta *hippies* magrelos, os braços cruzados, as expressões não muito simpáticas. Eles estavam sérios. Era pra valer. Eles não iam aturar aquilo. Falei que era um convidado de honra do meu amigo e tal, e o mais baixo dos dois gritou mais alto do que o mais alto: "Ele se mudou daqui OITO MESES ATRÁS!". Ele também disse que eu merecia uma surra na bunda e foi nessa hora que decidi que não estava gostando da atitude daquele viado. *Claro* que foi

culpa deles por deixarem a porta destrancada. Apesar de ser a vítima naquela circunstância infeliz, eu mantive a nobreza. Avaliei a situação e reparei que os dois garotos eram piranhas *hippies* magrelas, possivelmente veganas. Eu estava bêbado o suficiente pra dar um sacode naqueles *hippies* mesquinhos acumuladores de picolé com aquela postura de "ah, vou ser livre e liberal e deixar minha porta destrancada, mas ficar todo doido quando alguém come meus picolés". Se meu plano se desenvolvesse como eu queria, *ninguém* iria me impedir de chegar àquela caixa de delícias geladinhas. Mas, naquela fração de segundo entre o pensamento e a ação, uma voz *hippie* interrompeu: "É a *terceira* vez que você faz isso!". Fiquei meio constrangido. Quem diria? Falei que devia ser um outro cara negro, mas eles disseram que tinham certeza de que era eu. Pedi desculpas (nobremente), agradeci por eles não terem chamado a polícia nas outras vezes e fui embora.

4. Eu estava na fila da cafeteria esperando meu bagel quando minha lembrança da noite anterior (que não tinha me ocorrido a manhã toda) voltou com tudo e PUTA QUE PARIU CACETE, que bizarro! Alguns momentos foram surgindo na memória. Depois da choppada, fui pra um quarto de hotel com um astro pornô asiático muito baixo e moreno. Nada de sexo, ele só queria ser amigo. DESGRAÇA! Roubei umas cuecas dele e fui embora. No trem de volta pra casa, vi minhas bolas saindo pra fora do short de corrida. *Se eu não fosse eu, ia querer me humilhar por ser gay?* Desci na minha estação e aquele grandão

viciado estava me pedindo dinheiro de novo. Ele estava se divertindo e foi atrás de mim até o trailer que vendia tacos. Recusou-se a parar, então depois de um pouco de negociação eu paguei dois dólares pra chupar o pau dele atrás de um outro trailer de taco no final do estacionamento. O pau dele tinha gosto de café. Comecei a chorar e liguei pro meu irmão mais velho e quase comecei com a choradeira, perguntando: "ONDE MINHA VIDA VAI PARAR?".

Por sorte, ele me deu um sacode e explicou o que queria dizer em três partes:

1. Não surte por ter chupado um viciado. Não há eufemismo maior do que "é horrível não ter casa". Se você fosse sem-teto também iria querer drogas.
2. Não transar com alguém só porque a pessoa não tem casa é discriminação. Você quer isso na sua consciência? Não seja babaca! Deixa rolar!
3. Além de pais mais ricos e a questão da higiene, o que torna aqueles merdas da escola de arte promíscuos, desalmados e cocainômanos com quem você tenta trepar mais "sexualmente confiáveis" do que o cara sem-teto? (Não consegui pensar em nada.) Ver as coisas por esse prisma me deixou me sentindo melhor, e o drogado da rua (ou melhor, meu amante) parou de me pedir trocados e começou a flertar mais comigo, porque acho que faço boquete bem. Fiquei tão satisfeito com todos os resultados positivos dessa situação que até me senti inspirado a parar de beber por uma semana.

CRÍTICAS DE FESTAS QUE FORAM UM PESADELO

1. Abandonei o bom senso e fiquei com um artista babaca. Ele estava na cidade a trabalho e tinha vendido um monte de obras. Falei que iria para a Costa Leste em pouco tempo e o visitaria em Nova Jersey. Mas tudo virou um inferno em pouco tempo. Ele falou sobre seu trabalho mais comentado, em que vestia a mãe, que tinha Alzheimer, de drag e tirava fotos. Eu que não ia ganhar o prêmio de filho do ano, mas *credo*. Deixei os comprimidos e o álcool agirem e ignorei descaradamente aquela merda. Burrice, burrice. Não pulei fora por motivos práticos: eu estava com tesão, chapado e *onde ficava a porra da estação de trem?*

De Long Branch, Nova Jersey, até Nova York – *porra*. Ele começou a falar comigo sobre minha "carreira de escritor" e que eu estava fazendo tudo errado. Eu só queria trepar com o babaca, acordar e pegar uma carona até a estação de trem. O vizinho pervertido veio e me deixou bater uma punheta nele, e acho que ele ficou puto, porque bancou o branco de meia-idade babaca comigo e começou a soltar um monte de xingamentos racistas. O trem só voltaria a funcionar de manhã. A última coisa de que me lembro é sair pela porta do passageiro do carro, pular no capô e chutar o para-brisa (com ele ainda no banco do motorista). Eu me arrependi um pouco (na época) e perguntei se podíamos resolver, mas foi nessa hora que o artista sr. Babaca com a política de "fora da lei" correu para dentro de casa (como uma piranhazinha) e chamou a polícia. Acho que ainda tem mandado com meu nome em Jersey e é por isso que não trepo mais com escrotos de Jersey.

2. Fui parar em L.A. numa festa com um rapper gay muito famoso. Um garoto gordo me expulsou de um ménage e comecei a receber avanços um tanto indesejados de um dos amigos do rapper. Acho que flertei com ele um pouco antes e ele levou a sério. Ele me apalpou, se recusou a me soltar e repetiu para mim no sotaque cholo carregado: "Não seja escroto". Eu não ia me meter com ele, mas acabei cedendo, em parte sem saber o porquê e em parte porque estava meio curioso. Chegamos ao banheiro e ele queria trepar, mas falei que ele podia gozar na minha cara e *pronto*. Apesar da sensação de que me esforcei pra deixar

a situação como uma experiência mutuamente amorosa e erótica pra nós, ele contou pros amigos na festa que eu era uma puta metida.

3. Era a última vez que eu responderia a um anúncio na internet sem foto. Era profundamente *errado*. O sujeito me atraiu pra Oakland Hills com a promessa de cogumelos. Tomei um comprimido e achei que ficaria todo "chapado" e teria uma viagem estilo anos 1960 com um velho branco bonito de pau grande e túnica que morava em Hills. Não foi assim. O cara estava usando moletom e tinha cabelo grisalho com mechas louras feitas em casa, e quero dizer feitas em casa do jeito mais merda possível. O cachorro esquisito dele ficava tentando me fazer um boquete e cada pedacinho do tapete estava encharcado. Tinha dois caras mais velhos lá, um asiático e um branco. Sem querer ser racista, mas obviamente foi o cara branco arrogante o primeiro a não querer mais e *graças a deus*. Peguei carona com ele e nós dois concordamos que tínhamos escapado de uma merda horrível. O garoto asiático não quis ir embora junto e rezamos pra que aquele monstro não o cozinhasse e comesse.

4. Depois de uma bebedeira enlouquecida em uma noite de quinta-feira, voltei a mim tarde demais pra perceber que tinha ido parar num pesadelo de festa. Eu e dois amigos entramos numa casa anônima enorme. Fomos recebidos por três gêmeos fazendo um ménage, cheirando coca em uma caixa de camisinha fechada. Clássico. No andar

de cima, conhecemos a cuidadora temporária da casa, "Lena", que se apresentou como a *principal* estrela pornô trans do mundo e nos mostrou a capa do seu vídeo mais recente. Ofereceram cocaína pra ela e ela ficou puta da vida, porque preferia speed. Senti que a noite ia ficar incômoda. Ela disse pra mim e pros meus amigos que éramos bonitas, como garotas, e que deveríamos tomar hormônios. Pensei no assunto e sabia que, se um dia decidisse fazer "a transição", eu seria a piranha mais gostosa do mundo. Mas hormônios eram caros demais e eu gastava muito dinheiro com maconha. Eu não tinha a presença de espírito necessária pra ser mulher. Às vezes (aqui e ali) eu botava anúncios no Craigslist, onde aparecia de peruca e meia-calça estrategicamente rasgada e deixava caras héteros me comerem de quatro. Isso foi o mais perto de trans que cheguei, e perto de Lena eu parecia quadrado. Ela começou a dizer umas merdas racistas sobre pessoas negras, mas foi uma daquelas coisas que não ofendem tanto porque você sabia que ia rolar. Ela tentou se aproximar de mim contando que arruinou a vida botando peitos e sendo atriz pornô. Sou um ser humano e ainda estava chateado com as coisas racistas que ela falou e não estava com clima pra ouvir a falação dela. Eu não entendia de que ela estava reclamando; ela tinha peitos e carreira fazendo filmes. Eu tinha visto os pôsteres na cidade e sabia que a maioria das pessoas escapa do vício em speed sem *nada*. Ela estava reclamando. Umas outras coisas chatas aconteceram e passou pela minha cabeça e dos meus amigos bêbados que não precisávamos estar lá. No caminho até a porta, roubei o jogo de *Pac-Man* da Lena por ela ter dado a pior festa *do mundo*. (Alguns anos depois, surgiram fotos da Lena metendo na bunda de um fuzileiro desmaiado, e eu a perdoei por tudo.)

5. Lamentei amargamente que a festa tivesse terminado na minha casa. Minha colega de casa *insistiu* que eu fosse comprar cerveja apesar de eu não ter participado daquela merda que estava acontecendo ao meu redor, sem mencionar que minha identidade de outro estado deixava claro que eu era menor. Ela ficava ouvindo os discos dela do Destroy All Monsters *sem parar* e fazendo carinho na gata toda drogada (e a gata dela estava no cio! – ecaaaa!). Um casal hétero estava fumando crack na sala, onde o cavaleiro de armadura da mulher fingiu deixar o cachimbo cair e depois fingiu botar crack dentro de novo. Ela não acreditou (que bom pra ela!). "Você acha que sou burra? VOCÊ ACHA QUE SOU BURRA, PORRA?!?! NÃO TEM NADA AÍ, SEU FILHO DA PUTA! EU COMPREI!" Ela bate a porta da minha sala e quase quebra o vidro. Fiquei no meu quarto chorando, intrigado. *Por que, ah, por que eu larguei a faculdade? Ah, sim, porque era ruim.* Mais tarde foi revelado a mim que nem um diploma universitário me salvaria, mas continuei estudando, afinal, por que não?

CRÍTICAS DE AVENTURAS

1. Fiz uma aula de balé e foi horrível pra caralho. Minha professora era uma artista pioneira de oitenta anos que sobreviveu a múltiplas cirurgias de coração e dançou nos últimos dias do *vaudeville*. Ela me disse que eu tinha potencial. Também me disse para estudar os dançarinos mexicanos; para observar a técnica deles. Juan se apresentou depois da aula e o segui até o vestiário, onde ele abriu meu cinto, desceu minha calça e me virou delicadamente para os armários, puxou meus quadris pra trás pra minha bunda ficar mais exposta no corredor de armários. Passou saliva no pau e tentou me penetrar e eu disse não. Ele insistiu

fisicamente e eu não falei não na segunda vez, mas fiquei muito tenso. Eu sabia que uma coisa mais razoável teria que acontecer, então o chupei e ele gozou na minha boca e no meu peito. Nós nos limpamos a tempo, antes de os jogadores idiotas de beisebol entrarem no vestiário. Nunca mais o vi depois disso.

2. Meu bairro em duas partes:
   a. Não era um quarteirão de homossexuais, mas em uma cidade já lotada eu tive preguiça de procurar outro lugar pra morar. Fui morar com uma sapatão gostosa, grande e negra que *era muito louca* e deixava os altares de Santeria por toda parte. Uma manhã, quando eu estava com preguiça de ir ao banco, em um descaso infeliz e imaturo pela sensibilidade cultural, peguei dez dólares do altar dela, limpei o mel e as penas de galinha e *gastei* aquela merda. Ao fazer isso, devo ter emputecido um daqueles espíritos (ou *loas*, sei lá), porque depois caiu uma chuva no bairro como eu nunca tinha visto. Ouvir o deboche daqueles membros de gangue coreana foi *tão constrangedor*. Eles zoaram minha roupa! Ser assaltado com uma faca foi *bem legal*. Tentei fingir que não estava com a minha carteira, mas minha calça jeans era muito apertada e eles viram que eu mentia. Eu sabia que tinha acabado quando vi o tamanho *risivelmente enorme* do pedaço de asfalto se aproximando da minha cabeça em câmera lenta.

b. Três anos antes, a vida naquela parte da cidade era moleza. Eu morava no bairro de armazéns, e não no residencial. Por causa da minha genética *incrível* nos meus vinte e poucos anos, (para o olho inocente) eu parecia ser adolescente. Isso me dava direito de escolha em todos os pederastas de East Oakland que tentavam me cantar na East 14th quando eu estava indo para o curso técnico superior. Eu me lembro de um cara que era filipino e mexicano, de quarenta e tantos anos. Joguei a bicicleta na caçamba da picape dele e chupei seu pau atrás dos armazéns da rua. Também me lembro de passear com o cachorro da minha amiga e ser parado por aquele motorista de caminhão do Goodwill. Um sujeito grande e negro. Ele se parecia com meu tio. O pau pesava uns dois quilos e meio. Fiquei intimidado, mas segui em frente. Ele queria que eu o chupasse no caminhão, mas eu não soube o que fazer com o cachorro.

3. Minha mãe tinha uma mania maluca de ler todos os grandes jornais da Califórnia e me ligar às seis da manhã (oito no horário dela) e contar todas as coisas horríveis que tinham acontecido na minha região. Aguentei anos de ligações me acordando e detalhando cada incêndio, terremoto pequeno e relato de canibalismo. Eu não lia o jornal porque o mundo me assusta pra caralho. Implorei pra que ela não fizesse isso. Ela cagou. Uma manhã, minha mãe leu que todo mundo estava pegando uma

infecção horrível de estafilococos que dava coceira e que era culpa dos gays. Ela me perguntou se eu frequentava essas "saunas" e "parques de aventuras" e, mais importante, eu estava lavando as mãos direito? Menti rápido e agradavelmente, dizendo "não", e falei que o garotinho dela era precioso demais pra dar num arbusto (MENTI DE CARA LAVADA). Não é que eu tenha o hábito de mentir pra minha mãe, mas, porra, cara, eu mentiria pra qualquer pessoa às seis da manhã só pra voltar a dormir. Mas não descansei com facilidade. Como o garotinho da mamãe que sou, minha culpa por contar uma mentira catastrófica pra minha mãe arrasou comigo. Sonhei que estava indo de bicicleta pra aula quando um impacto invisível me acerta por trás e joga meu corpo no carro velho de algum babaca e minha cabeça (sem capacete) sai rolando pelo asfalto. Foi castigo por mentir pra minha mãe. Minha mente se projetou pra minha mãe vindo pra Califórnia pro meu enterro; quando estivesse limpando meu quarto sujo, ela encontraria meu diário sexual. Em um diário eu mantinha uma lista atualizada de todos os caras quaisquer com quem eu transava nos parques e puteiros. Assim, na minha velhice bêbada, eu teria minhas lembranças (mais ou menos), e poderia ser cem por cento honesto com as pessoas da clínica gratuita. Mas minha mãe, cristã devota, sabe se divertir. Ao longo da vida, eu a vi deixar aquelas coisas de Jesus de lado se a atrapalhasse de ouvir os detalhes sórdidos de uma história. Ela me impressionava com aquilo. Por causa disso tudo, decidi que se alguma coisa acontecesse comigo eu deveria destacar as melhores partes do diário. Ela preferiria assim. Havia, claro, problemas no sistema. Como a vez em que eu estava no lago passeando e um filho da puta maluco começou a balançar o pau meio mole pra mim. Ele disse (e vou citar as palavras dele): "Andei fumando crack e essa porra me deixa MUITO SURTADO. SE INCLINA AÍ QUE VOU BATER NESSA XERECA". Eu não destacaria essa parte. Não queria que minha mãe ficasse pensando no fato de que trepei com aquele cara. Mas destacaria o outro filho da mãe na sauna. Quarto 202. Sujeito branco, barba branca (cheia), pelos brancos no peito. Ele estava mais pra musculoso. Depois que acabou de bombear na minha racha, ele disse (e vou citar as palavras dele): "Filho, você foi comido pelo Papai Noel". Não ganhei um pônei, mas botaria três estrelas nessa parte do meu diário. Minha mãe acharia isso hilário.

4. Apesar de eu ser viado, acho sêmen um horror. Três segundos depois do clímax, já fico logo: "Tira isso de mim. TIRA! TIRA DE MIM!". Eu me sinto coberto de sujeira, como se eu estivesse no programa *Double Dare*. MEUS PROBLEMAS PRINCIPAIS COM PORRA: a) É grudenta. b) Fica embolotada no chuveiro. c) Tem cheiro de parte de dentro do pau. Fui pra casa com um pagão nojento que queria fazer um "ritual de gozo". Nós nem trepamos! Só batemos uma punheta no outro e ficamos bem parados. HORRÍVEL. Ele estava inventando aquela merda? Eu queria *morrer*, mas não falei nada porque também queria me ajustar, apesar de ser como um inferno pessoal.

Aquilo me lembrou um emprego que tive. Foi descrito como "o último *peep show* dos Estados Unidos", em que você bota moedas de vinte e cinco centavos num buraco e a tela se acende como naquele clipe da Madonna, "Open Your Heart". Eu recebia os clientes, levava e trazia as garotas para as cabines e limpava a porra. As garotas eram quase todas legais, mães, cheiradoras, alunas de estudos feministas e as incríveis garotas punks (as minhas favoritas). Todos os tipos de corpo. Uma dançarina usava uma camiseta idiota com peitos e um boné combinando que dizia "Faculdade de Medicina de Harvard". Perguntei se ela estudava lá e ela disse que não, mas que sempre quis. O lugar era especial porque se gabava de ter o único sindicato de strippers do mundo, mas houve drama quando trabalhei lá. Foi explicado pra mim que a empresa virou uma cooperativa, que eles disseram que acabou com o sindicato (não há necessidade de sindicato se todo mundo é um pouco dono), mas as pessoas continuavam pagando impostos e sendo exploradas. Houve um artigo no jornal e foi horrível porque o nome verdadeiro de algumas garotas foi publicado. Ninguém sabia o que aconteceria. Eu não iria trabalhar lá por tempo suficiente pra isso ser uma preocupação. Perguntei à madame chefe se podia chupar uns caras nas cabines se tivesse oportunidade. Ela disse pra mim e pro outro viado que trabalhava lá que a posição oficial da empresa era que podíamos ficar com os caras, mas não podíamos fazer com que gozassem (quando gozam, eles param de gastar dinheiro). Só fiquei com um cara e passei a maior parte do tempo abrindo todas as cabines com aquele cheiro de porra quente me acertando na cara. Quase matei o babaca que disse: "Vocês gays devem amar esse trabalho".

**Acreditamos
nos livros**

Este livro foi composto em Dante MT Std
e impresso pela Geográfica para a Editora Planeta
do Brasil em abril de 2022.